Passionnément mienne !

Passionnément mienne !

Nicole Davidson

Traduit de l'anglais par
MARIE-ANDRÉE WARNANT-CÔTÉ

Les éditions
Héritage inc.

Données de catalogage avant publication (Canada)

Davidson, Nicole

Passionnément mienne!

(Frissons ; 72)
Traduction de : Fan mail.
Pour les jeunes de 12 à 14 ans.

ISBN : 2-7625-8463-9

I. Warnant-Côté, Marie-Andrée. II. Titre. III. Collection.

PZ23.D278Pa 1997   j813'.54   C97-940081-3

Fan Mail
Copyright © 1993 Kathryn Jensen
Publié par An Avon Flare Book

Version française
© Les éditions Héritage inc. 1997
Tous droits réservés

Illustration de la couverture : Sylvain Tremblay
Conception graphique de la couverture : François Trottier
Mise en page : Jean-Marc Gélineau

Dépôts légaux : 1er trimestre 1997
Bibliothèque nationale du Québec
Bibliothèque nationale du Canada

ISBN : 2-7625-8463-9   Imprimé au Canada

LES ÉDITIONS HÉRITAGE INC.
300, rue Arran, Saint-Lambert (Québec) J4R 1K5
Téléphone : (514) 875-03327
Télécopieur : (514) 672-5448
Courrier électronique : heritage@mlink.net

FRISSONS™ est une marque de commerce des éditions Héritage inc.

À Bill, que je considère comme une star !
N.D.

Chapitre 1

Célia Émond agrippe les bras de son fauteuil et un gémissement de terreur s'échappe de ses lèvres. Elle se sent complètement seule dans les ténèbres, abandonnée par ses amis. Il y a une odeur douceâtre de viande avariée dans l'air, comme si un cadavre pourrissait sous son siège.

Un son rauque l'avertit qu'elle a de la compagnie.

Une créature de deux mètres de haut et aussi large qu'un réfrigérateur sort de l'ombre. Une substance visqueuse verte suinte d'une blessure à sa poitrine, là où un couteau a transpercé son armure d'écailles.

Le coup de couteau l'a rendue encore plus enragée.

En la regardant droit dans les yeux, le monstre s'avance vers elle sur ses immenses pattes griffues. Il s'approche en grondant et en faisant claquer ses dents puissantes, alors que le sang de ses victimes précédentes dégouline de ses mâchoires.

Quelque chose frôle le bras de Célia et elle s'écrie :

— Renée ! Ne fais pas ça !

— Excuse-moi… Je me disais que tu voulais peut-être du maïs soufflé.

Son amie lui tend la boîte achetée au comptoir de friandises du cinéma.

— Comment peux-tu manger à un moment pareil ? demande Célia.

Renée Baribeau hausse les épaules et répond :

— Je ne prends pas les films d'horreur aussi au sérieux que toi.

Elle met une poignée de maïs dans sa bouche et mâche joyeusement.

Sur l'écran, une jeune actrice tranche la tête du monstre d'un coup de machette. Du sang vert gicle partout. Mais la créature continue à avancer en battant l'air de ses griffes meurtrières.

— Oh ! c'est dégoûtant ! grogne Célia en fermant les yeux.

Cinq minutes plus tard, heureusement, le film se termine. Le monstre du marais a exterminé la moitié des personnages, avant que le héros le détruise en faisant sauter un gros paquet de bâtons de dynamite.

— Tu n'as pas eu peur du tout ? demande Célia à Renée tandis qu'elles se dirigent vers la sortie.

— Pas vraiment. Je suis trop raisonnable. Je sais que les monstres n'existent pas, alors je n'en ai pas peur. Les films d'horreur, je trouve ça pas mal stupide.

10

Célia soupire. Elle a l'impression d'avoir traversé un champ de mines.

— Pourquoi est-ce que tu as insisté pour voir ce film-ci ? lui demande Renée. La dernière fois qu'on a regardé un film d'horreur, tu n'as pas dormi pendant trois nuits.

— Je sais. Et je ne dormirai pas cette nuit, non plus. Mais *La Lagune perdue III* est le dernier film réalisé par Théodore Drainville.

Elles sortent dans la nuit printanière et traversent le terrain de stationnement où Célia a garé sa voiture.

— Il y avait un message de mon agente sur mon répondeur cet après-midi, poursuit Célia. Un agent de Montréal lui a appris ce matin que Drainville a l'intention de réaliser son prochain film dans notre région et que sa directrice de la distribution viendra à Coleran, la semaine prochaine, auditionner des acteurs d'ici pour des rôles secondaires.

Renée la regarde par-dessus le toit de la Volks-wagen rose et demande joyeusement:

— Tu crois que tu pourrais décrocher un rôle ?

— C'est pas sûr, mais ça vaut la peine d'es-sayer, dit Célia en s'asseyant à la place du conduc-teur. Marjolaine m'a dit qu'un seul rôle a été distribué jusqu'à présent... le rôle principal. Selon la rumeur, c'est Hugues Richemond qui a été choisi.

— Hugues Richemond ! s'écrie Renée, qui a pris place sur le siège du passager. C'est pas vrai !

Il est tellement beau ! Tu veux dire que lui et moi on va être à quelques kilomètres seulement l'un de l'autre ? Je vais mourir si je ne le rencontre pas… Non, oublie ça, ajoute-t-elle, après avoir jeté un coup d'œil à ses cuisses. Je vais mourir s'il me voit comme ça. Comment est-ce que je pourrais perdre quinze kilos en une semaine ?

— Calme-toi, dit Célia en riant. Les rumeurs disent rarement la vérité. Richemond n'a jamais joué dans un film d'horreur. On ne l'a vu que dans des comédies romantiques.

— Oh ! je l'ai adoré dans *Le Dernier Baiser* ! s'exclame son amie, tandis qu'elles quittent le terrain de stationnement.

— C'est le seul film sérieux qu'il ait fait. C'était bon.

— C'était fantastique !

— C'est pas ce que les critiques ont dit.

— Oh ! noyons les critiques dans un marais ! Je trouve que Richemond est le meilleur acteur de tous et le plus sexy.

— Tu ne parles pas comme une personne raisonnable en ce moment.

Mais Célia doit admettre que des milliers d'ado-lescentes sont d'accord avec Renée. Hugues Richemond est leur *sex-symbol* préféré. Chacun de ses films a rapporté des millions de dollars.

Mais étant actrice elle-même, bien que sans film à son actif, Célia estime que le talent est plus important qu'un beau physique ou qu'un sourire irrésistible. Après tout, si l'apparence seule comptait, elle serait déjà une star.

Une telle pensée peut sembler vaniteuse, mais Célia a reconnu il y a longtemps avoir beaucoup reçu de la vie question attributs physiques. Elle a de longues jambes minces, de beaux cheveux couleur paille, une dentition parfaite et des yeux bleus pétillants qui font merveille dans l'objectif d'une caméra. Elle est mannequin professionnel depuis l'enfance.

Mais maintenant, elle veut aller plus loin.

Elle stationne sa voiture devant chez les Baribeau. Renée lui demande avant de sortir :

— Tu es sûre que tu veux auditionner pour jouer dans ce film ? Tu pourrais être très déçue si tu n'obtiens pas de rôle.

Célia sourit. Renée s'inquiète toujours pour elle, comme elle-même prend toujours soin de Renée. Elles sont amies depuis la maternelle.

— Même de la figuration, ça m'irait. Mais s'ils ne me choisissent pas, je n'en mourrai pas. Jouer est seulement la chose la plus importante dans ma vie.

Elle sourit pour que son amie sache que c'est une blague. Celle-ci l'examine avec un air de doute et dit :

— En tout cas, rappelle-toi que tu as déjà une carrière de mannequin vedette. Je me ferais couper les deux bras pour poser pour la couverture de *Filles d'ici*, comme tu l'as fait.

— Ça ferait une couverture dégoûtante, remarque Célia en riant.

— Très drôle ! Tu veux entrer quelques minutes ? On pourrait se préparer des sandwiches et étudier mes notes de cours pour l'examen d'histoire de demain.

— Non, merci. Il faut que j'apprenne par cœur certaines répliques du scénario que Marjolaine m'a envoyé aujourd'hui.

— O.K. À demain.

Célia la regarde entrer chez elle. Renée est la meilleure amie qu'elle puisse jamais avoir. Sans elle, Célia aurait probablement coulé ses examens de chimie et de maths l'année dernière. Renée l'a aidée à étudier à l'époque où tous les après-midi et les soirées de Célia étaient consacrés à des séances de photo.

Renée ne se plaint jamais que Célia n'ait pas de temps pour qu'elles aillent danser ou magasiner ensemble comme font les autres filles. Et elle ne lui envie pas ses succès.

Lorsqu'elle avait sept ans, Célia a eu une révélation. Sa mère lui avait dit de choisir dans le catalogue de Sears les trois cadeaux qu'elle voulait pour Noël. Célia avait longuement feuilleté le gros livre.

— Alors, qu'est-ce que tu vas mettre sur ta liste au père Noël ? lui avait demandé sa mère.

— Elle !

— La robe de velours noir ?

Comme son mari, madame Émond est avocate et

a tendance à prendre les choses au pied de la lettre. Célia s'était impatientée et avait mis l'index sur le visage de la petite fille qui portait la robe en disant :

— Non, pas la robe. Je veux être elle. Je veux être dans le catalogue.

Ses parents ne réussirent pas à la faire changer d'idée. Pendant toute une année, Célia insista pour devenir mannequin, sans savoir combien de travail et de sacrifices cette profession requiert. En dernier recours, son père l'emmena chez une photographe professionnelle. Il avait conclu un pacte avec sa fille : si la photographe disait qu'elle n'avait pas ce qu'il faut pour devenir mannequin, Célia cesserait d'embêter ses parents avec cette idée fixe.

La femme regarda attentivement la petite fille maigrichonne aux fins cheveux blonds et au sourire chaleureux, puis déclara que celle-ci était incroyablement photogénique. Ce jour-là, elle prit les premières photos de Célia ; les clichés noir et blanc dont celle-ci avait besoin pour établir son portfolio professionnel.

Célia sacrifia tous ses temps libres à poser pour des catalogues et des annonces publicitaires. Ses parents réorganisèrent leurs horaires déjà très chargés pour la conduire aux séances de photo. Emportant la trousse de maquillage, les rouleaux chauffants, les sous-vêtements et les chaussures de rechange de Célia, ainsi que des draps usés à étendre sur les planchers poussiéreux pour protéger les vêtements coûteux des clients, ils l'emmenèrent dans tous les studios de photographie. Ça représentait autant de travail pour eux que pour Célia, mais le rêve de celle-ci se réalisa. On la vit dans le catalogue de Sears.

Mais sa carrière ne s'arrêta pas là.

Deux ans plus tôt, le directeur artistique du magazine *Filles d'ici* avait choisi sa photo parmi des centaines d'autres pour la couverture du numéro de juillet. Dès la parution du magazine, l'agente de Célia fut assiégée d'appels de collègues pour que sa protégée apparaisse dans des publications importantes, ainsi que dans des publicités télévisées et des campagnes publicitaires de cosmétiques. Célia participa même à des séances de photo à Londres avec huit autres mannequins de son âge. Ce fut la semaine la plus excitante de sa vie.

Puis l'été dernier, elle s'est rendu compte qu'elle était mannequin depuis neuf ans et cela lui a paru une éternité. Elle avait économisé plus que nécessaire pour payer ses études et elle se disait qu'elle devait se considérer chanceuse d'avoir si bien réussi. Cependant, elle n'était pas satisfaite. Elle voulait aller plus loin que ça, elle voulait réaliser un autre rêve.

— Je veux devenir actrice, avait-elle dit à Marjolaine Saint-Georges, qui était également l'agente de plusieurs jeunes acteurs.

— C'est un milieu sans pitié, la prévint Marjolaine. Il te faudra travailler avec un professeur d'art dramatique, sans doute même plusieurs avant que tu sois prête. Tu devras acquérir de l'expérience dans des productions locales.

— Je ferai tout ce qu'il faut.

Célia consacra une partie de ses économies à des leçons d'art dramatique, de pose de voix et de danse. Elle joua quelques petits rôles dans des pièces de théâtre amateur et de théâtre scolaire. Puis elle fit partie d'une troupe de théâtre professionnel l'été précédent.

Mais elle rêve de se voir sur le grand écran, de côtoyer les vedettes d'Hollywood et peut-être… peut-être d'en être une un jour.

Réussir à se faire remarquer de Théodore Drainville pourrait être sa chance, si elle ne gâche pas tout.

Le lendemain après l'école, Célia se rend à Coleran. «Évidemment ce serait plus agréable si Drainville tournait autre chose qu'un film d'horreur», se dit-elle en entrant dans l'édifice où sont localisés les bureaux de la compagnie de production de *Sombres Souvenirs*.

«Mais une bonne actrice peut interpréter n'importe quel rôle», se rappelle-t-elle.

De toute façon, Drainville est un nom qui ouvre des portes à Hollywood. Ses films attirent toujours l'attention. Des acteurs qui ne disent que quelques lignes dans l'un ou l'autre de ses films se retrouvent ensuite dans des films importants tournés par d'autres réalisateurs.

Célia entre dans le bureau 305 et son cœur se serre. La salle d'attente est pleine à craquer d'acteurs de tout âge, qui attendent d'être auditionnés par la directrice de la distribution.

— Célia! crie une voix dans la foule.

Celle qui a crié son nom sautille sur place en lui faisant de grands signes du bras.

C'est Bernadette Watier.

Contente de voir un visage familier, Célia s'avance vers elle en souriant. Malheureusement un autre visage familier, qui était caché derrière un magazine, lui apparaît soudain.

— Oh! bonjour, madame Watier! dit poliment Célia.

— Bonjour, Célia, répond froidement Marceline Watier.

La mère de Bernadette porte une veste rouge et un pantalon collant en lamé or qui lui fait des cuisses d'éléphant.

— Ils auditionnent aussi les figurants aujourd'hui? demande madame Watier.

— J'auditionne pour un rôle, répond Célia le plus calmement qu'elle peut.

Dès sa première rencontre avec la mère de Bernadette, Célia a détesté cette femme, qu'elle trouve grossière, méchante et arriviste.

— Oh! vraiment!... Ça doit être tout un défi pour toi, ma pauvre.

— Maman, arrête ça! gronde Bernadette. Célia a joué presque autant que moi.

Bien que le commentaire de Bernadette soit peut-être un subtil coup de griffe, dans un sens il est véridique. Celle-ci a accumulé beaucoup d'expérience dans les pièces de théâtre produites à l'école, mais n'a jamais joué à un niveau professionnel. Sa mère insiste pour être son agente, ce qui est mortel selon Célia.

— Je te dis le mot de Cambronne, dit Célia par gentillesse.

— Merci, dit Bernadette avec un petit rire nerveux.

Le regard de Célia fait le tour de la pièce. Tous les sièges sont occupés. Deux nouveaux arrivants jettent un rapide coup d'œil dans la pièce, font la moue et repartent sans un mot.

— Est-ce que certains sont déjà entrés? demande Célia en regardant la porte qui donne sur les autres pièces.

— Quelques-uns, répond Bernadette. Ils sont ressortis moins d'une minute plus tard. Ils ne devaient pas correspondre à ce que veut Drainville.

Célia soupire. Si elle ne passe pas la première épreuve qui est de correspondre au type physique que cherche le réalisateur, elle n'aura même pas l'occasion de faire une lecture.

La porte du bureau s'ouvre pour laisser sortir un garçon. Des larmes de colère brillent dans ses yeux, tandis qu'il se fraie rudement un passage vers la sortie.

— Un autre qui mord la poussière, commente sèchement Bernadette.

Sentant une boule dans sa gorge, Célia est surprise de vouloir aussi désespérément un rôle dans ce film. Elle essuie ses paumes moites sur sa minijupe.

La porte du bureau s'ouvre de nouveau et une jeune femme en sort.

Elle a de courts cheveux bruns et de nombreuses taches de rousseur sur le nez et les joues. Si elle souriait, elle serait très jolie. Mais sa bouche forme une ligne sévère au bas de son visage.

— Bernadette Watier! lit-elle sur la liste qu'elle tient à la main.

Dans son excitation, Bernadette pousse Célia hors de son chemin et s'écrie :

— C'est moi!

— Attends! dit Marceline.

Laissant tomber son magazine, elle sort une brosse à cheveux de son sac à main et commence à coiffer sa fille.

— Dépêchons! dit la jeune femme. « Il » attend.

— Les nerfs! réplique Bernadette.

La jeune femme ferme les yeux à demi. Son regard glisse vers Célia, comme si elle supposait que les deux filles sont ensemble.

— C'est la nervosité, dit Célia en souriant pour excuser Bernadette.

Elle devine que la jeune femme est plus qu'une

secrétaire. Si celle-ci est l'assistante de Drainville ou la directrice de la distribution elle-même, Bernadette vient de se faire une puissante ennemie.

Madame Watier libère enfin sa fille, qui suit la jeune femme dans le bureau.

Marceline reprend son magazine et recommence à lire.

Son impolitesse ne touche pas Célia. Elle en profite pour réciter tout bas les répliques apprises par cœur.

Elle doit se concentrer pour ne pas répéter: «Voilà ta chance… ta chance… ta chance. Ne la rate pas!»

Cinq minutes plus tard, Bernadette revient dans la salle d'attente, les joues rouges.

— Maman, j'ai réussi! crie-t-elle.

À l'affût d'indices de ce que cherche la directrice de la distribution, des gens tendent l'oreille.

— Comme tu me l'avais dit, j'ai vraiment forcé mon rôle, et monsieur Drainville m'a dit qu'il était sûr qu'on m'appellerait.

— Le réalisateur lui-même! Il est ici?

Marceline sourit à sa fille, puis devient femme d'affaires:

— Tu n'as rien signé, hein?

— Non, maman.

— Bonne fille. Aussitôt que le contrat arrive, on se trouve un bon avocat.

Marceline s'extirpe de son fauteuil.

— Célia Émond! appelle la jeune femme aux taches de rousseur.

— C'est moi !

Célia s'avance tandis que Bernadette et sa mère s'en vont en jubilant. Elle essaie de se rappeler les conseils que son professeur d'art dramatique lui a donnés lors de la préparation pour l'audition : « Souris. Regarde le directeur de la distribution droit dans les yeux. Laisse-lui voir que c'est facile de travailler avec toi. Sois professionnelle. »

Célia arrive dans une pièce nue à l'exception d'une longue table derrière laquelle il y a trois chaises ; il y en a une autre devant. Sur le plancher, près de la table, gît un énorme tas de photos glacées au dos desquelles sont inscrits les noms, adresses et résumés de carrière des postulants.

Célia est prise de panique. Elle se force tout de même à s'avancer vers la table en faisant un sourire de commande qui se veut chaleureux et confiant.

La jeune femme aux taches de rousseur se présente :

— Je suis Amanda Perreault, l'assistante personnelle de monsieur Drainville.

Elle fait un geste en direction des deux personnes assises derrière la grande table. L'homme porte des jeans et un t-shirt noirs ainsi qu'un veston de lin froissé. Ses longs cheveux noirs sont attachés en queue de cheval. La femme est vêtue d'un tailleur marine très strict. Amanda Perreault poursuit les présentations :

— Voici Théodore Drainville, le réalisateur de

Sombres Souvenirs et, à sa droite, Jacqueline Faucher, de Faucher et Associés, notre directrice de la distribution.

Ils saluent poliment Célia et lui donnent une poignée de main.

— Ta photo? demande madame Faucher.

Célia donne sa photo à Amanda Perreault qui la tend à madame Faucher. Sur la photo, Célia est très légèrement maquillée. Cela a pour effet de la faire paraître jeune et vulnérable, ce qui, selon Marjolaine, est parfait pour un film de Drainville dans lequel les personnages sont toujours pourchassés et tués.

Madame Faucher étudie la photo sans faire de commentaires, puis la passe à Drainville. Celui-ci l'examine longuement, jetant des coups d'œil à Célia, assise devant lui, pour comparer.

Elle a l'impression qu'il prend ses mesures pour confectionner un cercueil, ce qui constitue l'endroit où finissent la plupart des actrices dans ses films.

— Alors, Célia, as-tu préparé quelque chose à nous lire, aujourd'hui? demande-t-il finalement.

— Oui.

Elle se lève, s'éclaircit la voix et récite les quelques lignes que Marjolaine lui a suggéré d'apprendre par cœur.

Lorsqu'elle a terminé, le silence règne dans la pièce. Drainville scrute la réaction de madame Faucher. La directrice tapote la table du bout de son crayon et penche la tête de côté comme pour dire : « Pas mal, mais rien de spécial. »

— Bien sûr, c'est difficile de se faire une idée avec quelques lignes seulement, dit vivement Célia. J'ai... j'ai préparé autre chose si vous avez le temps de m'écouter.

Elle retient son souffle, terrifiée à la pensée qu'elle a été effrontée.

Drainville fronce les sourcils.

— Peut-être une autre fois, dit Jacqueline Faucher.

— Non ! intervient le réalisateur. Qu'est-ce que tu veux nous réciter ?

— Des répliques du rôle-titre du film *Karmina*.

— Bon choix, dit Drainville. Vas-y !

Célia inspire profondément pour se calmer et se donner le temps d'entrer dans la peau du personnage.

Elle s'adresse directement à Drainville.

Il l'écoute sans bouger, le regard sombre. Lorsqu'elle a fini, Célia est épuisée. Elle attend son verdict.

Il ne dit rien, mais continue à la regarder pensivement.

Célia a l'impression que son cœur est un papillon projeté contre un mur de brique. Elle voudrait s'enfuir. Elle se rassied plutôt et soutient le regard du réalisateur, certaine qu'elle a au moins donné tout ce qu'elle pouvait. S'il ne sait pas reconnaître le talent, c'est son problème. Les genoux de Célia tremblent. Elle met ses mains dessus pour faire cesser le mouvement.

— Merci beaucoup d'être venue, lui dit poliment madame Faucher.

Elle fait un signe à Amanda Perreault. L'assistante de Drainville se lève et se dirige vers la porte, tout en posant des questions à Célia qui la suit :

— Tu vis dans les environs ?

— À dix minutes d'ici.

— Moyen de transport ?

— Je conduis… ma propre voiture.

— Agent ?

— Marjolaine Saint-Georges. Son numéro de téléphone est au dos de ma photo.

— Parfait.

Elle ouvre la porte et laisse passer Célia, à qui elle promet :

— On te tiendra au courant.

« J'en suis persuadée », se dit ironiquement Célia. Un goût amer emplit sa bouche alors qu'en pensée, elle voit sa photo s'ajouter au tas sur le plancher.

Chapitre 2

Serge Gauvin crie à pleins poumons, parmi ses coéquipiers. De l'autre côté du gymnase, leur fait face l'équipe adverse. Les gradins au-dessus des lutteurs sont pleins d'élèves.

— Écrase-le ! Écrase-le ! hurle Serge en se frappant les genoux de ses poings serrés.

Mais quelques secondes plus tard, son coéquipier est cloué au matelas par son adversaire qui lui maintient les épaules au sol assez longtemps pour gagner le combat.

Serge grogne de mécontentement. Bruno s'est entraîné dur, mais il n'a pas l'instinct de tueur nécessaire pour devenir champion. Serge, lui, est champion de sa catégorie pour la deuxième année consécutive. Ses coéquipiers l'appellent Bulldozer.

Il se lève d'un bond quand c'est son tour d'affronter un adversaire. Il se met à quatre pattes sur le matelas. Son rival passe un bras autour de la taille de Serge et bloque son bras de l'autre. Être sous l'adversaire est souvent considéré comme une position de faiblesse, mais Serge a appris à s'en servir à son avantage. S'il s'y prend bien, en quelques secondes, il aura échappé à la prise de son rival et il gagnera son premier point.

Non seulement il gagne son premier point, mais il plaque son adversaire au sol et est déclaré vainqueur.

L'arbitre lève le bras de Serge. Celui-ci regarde les spectateurs qui l'acclament. Mais la seule personne qui compte vraiment pour lui n'est pas là. Il ne sait pas pourquoi il la cherche toujours dans la foule. Elle n'assiste jamais aux matches de lutte.

Le vestiaire résonne de cris joyeux après le match et ce n'est que lorsque les échos des célébrations s'éteignent que Serge va enfin prendre sa douche. Il se lave lentement pour donner le temps aux autres de s'en aller afin d'être seul un moment.

Il entend les gens dans le couloir féliciter chaque joueur qui sort du vestiaire. Il y a les parents, les amis, les filles… beaucoup de filles. N'importe quelle groupie serait enchantée de souper en sa compagnie. Mais ça n'intéresse pas Serge.

Il regarde le vestiaire vide, puis traverse la pièce jusqu'à son casier qui est le dernier au fond. Il se change et range son maillot trempé de sueur dans la pochette plastifiée de son sac de sport, puis fouille au fond à la recherche de son peigne.

Ses doigts frôlent quelque chose de raide, et il se souvient.

Il retire lentement la coupure de journal mise dans son sac il y a plusieurs mois déjà. Serge examine le doux visage souriant de la fille sur la photo. La légende se lit ainsi : *Célia Émond, élève de l'école secondaire de Coleran, dans une production du Théâtre de l'Estrie.*

Le cliché noir et blanc ne rend pas justice à ses yeux d'un bleu si clair. Célia est la plus jolie fille que Serge ait jamais vue, la plus gentille aussi. Elle n'est pas du tout arrogante, comme on s'y attendrait d'une vedette. À sa place, d'autres filles de son âge seraient devenues insupportables.

Mais pas Célia. Elle est… Elle est parfaite !

Dans un espace vide au fond du casier, parmi les coupures de journaux et de magazines, Serge colle la plus récente photo de Célia de sa collection. Il l'a photographiée plusieurs fois à son insu avec l'appareil de son frère. Deux des photos ont été prises à la réception donnée par la troupe de théâtre de l'école, d'autres alors que Célia sortait de chez elle un matin, puis qu'elle était au volant de sa voiture. Serge a été très prudent et personne ne l'a vu faire.

Il recule pour voir l'effet d'ensemble de toutes les photos. Ça le frappe tout à coup qu'en voyant l'intérieur de son casier, quelqu'un pourrait le prendre pour un obsédé. Mais il n'en est pas un. C'est juste qu'il aime Célia… beaucoup.

Après avoir admiré sa collection secrète, Serge referme son casier et le cadenasse.

Chapitre 3

Le lendemain de l'audition, Marjolaine appelle Célia pour lui annoncer d'une voix vibrante d'excitation :

— Jacqueline Faucher voudrait te revoir pour une autre audition. C'est bon signe, ma petite. Rends-toi là-bas directement aussitôt après l'école.

— Ils vont peut-être me donner un rôle parlant. Super !

Après la nouvelle audition, Amanda Perreault la prend à part pour lui poser de drôles de questions.

— Que penses-tu d'Hugues Richemond ?

— Il est correct, il me semble.

— As-tu un petit ami ?

— Euh… non.

— Ça t'irait de travailler étroitement avec Hugues Richemond pendant de longues périodes de temps ?

Là, Célia comprend.

« Oh ! *wow* ! Ils pensent à moi pour un rôle important ! » Soudain, elle se sent tout à la fois

29

exaltée et déprimée. Tout arrive beaucoup plus vite qu'elle le croyait.

Suivent quelques jours durant lesquels elle prend peur et appelle Marjolaine pour la supplier de retirer son nom de la distribution.

Elle avait projeté de se faire tranquillement un nom au cinéma, comme c'est arrivé dans la profession de mannequin. Jouer un rôle principal demande beaucoup de travail. Mais pour une raison que personne ne peut lui expliquer, on lui offre le monde sur un plateau d'argent. Elle ne fait pas entièrement confiance à son incroyable chance.

Un film de Drainville! Dès son premier essai! Cette pensée provoque en elle des frissons, pas tous agréables.

— Contente-toi d'être reconnaissante au destin et dis oui, lui conseille Marjolaine. Les termes du contrat sont impeccables et tu t'en tireras très bien. Tu as beaucoup de talent, Célia. Des occasions comme celle-ci ne se présentent pas souvent.

Célia ravale sa peur et signe sur la ligne pointillée. Sans qu'elle sache pourquoi, elle a l'impression de signer son arrêt de mort.

À l'école, les rumeurs vont bon train. Il est question que quatre élèves manquent plusieurs semaines d'école pour jouer dans un film qui sera tourné dans la région. Jennifer Adami et Bernadette Watier y seront des figurantes. Le frère aîné de Bernadette, Jean Watier, sera assistant de production, ce qui signifie qu'il fera des courses pour le réalisateur et son équipe. Cela ne leur paraît pas très glorieux jusqu'à ce qu'ils apprennent que Jean gagnera deux fois plus que ceux qui ont des emplois de vendeurs et d'emballeurs.

Et puis, il y a Célia Émond. Elle a été choisie pour jouer le principal rôle féminin et donner la réplique à Hugues Richemond !

Des élèves qui ne lui avaient jamais adressé la parole s'arrêtent pour féliciter Célia. Cette attention lui plaît, mais l'inquiète aussi.

— Je veux avoir des amis, dit-elle à Renée au dîner. Mais j'ai à peine assez de temps pour toi. Ça me manque de ne pas avoir de vie sociale.

— Tu veux dire de ne pas avoir de petit ami ? demande Renée qui la connaît bien.

Célia hausse les épaules et sourit timidement en sortant d'un sac en papier une pomme, un yogourt et une boîte de jus. Elle a appris très tôt que la nourriture de cafétéria est mortelle pour la ligne.

— Ouais, je suppose, un petit ami. Ça a toujours été tellement difficile de me faire des amis et d'avoir le temps de m'amuser. Chaque après-midi après l'école, je vais prendre une leçon ou travailler. Et Marjolaine me fixe des rendez-vous toutes les fins de semaine.

— Quelle vie d'enfer ! Prendre l'avion pour aller poser en maillot de bain sur une plage de Floride, puis aller dans les Rocheuses faire semblant de skier dans un superbe habit de neige.

Célia éclate de rire.

— J'ai des souvenirs magnifiques, mais ils n'incluent aucun garçon, dit-elle en reprenant son sérieux.

— Et les gars qui sont mannequins ? Toutes ces nuits loin de chez vous dans des endroits paradisiaques ?

— Tu serais la première à l'apprendre s'il se passait quelque chose. Mais ce n'est pas une bonne idée de mêler l'amour et le travail.

— À ta place, je le ferais. Qu'est-ce que tu attends, de toute façon ?

— Je ne sais pas. Parfois, je voudrais seulement mener une vie normale. Parler durant des heures avec mes amis, organiser un *party* ou passer un samedi tout entier à me faire bronzer sur la plage.

— Un tas de filles commettraient un crime pour être à ta place… Tu es quand même sortie avec des garçons.

— Quand j'étais plus jeune. Puis l'an dernier, avec Kevin Sureau.

— Et avec Jean Watier. Il a l'air tellement gentil, bien plus que sa sœur.

— Oh ! Bernadette n'est pas si mauvaise ! C'est seulement qu'elle en fait trop. Je pense que c'est dur d'avoir une mère comme la sienne.

— Cette femme-là est un bulldozer humain. Je n'ai jamais connu personne d'aussi arriviste.

Célia aimerait parfois que ses parents s'intéressent plus à sa carrière. Régine et Robert Émond sont tellement occupés qu'ils ne l'accompagnent plus aux auditions. Depuis qu'elle conduit sa voiture, ce n'est plus nécessaire.

En tout cas, ses parents semblent enchantés de ses réussites. Lorsque le contrat pour *Sombres Souvenirs* est arrivé, sa mère a passé deux nuits à l'étudier avant que Célia le signe. Ses parents et elle vont simplement dans des directions différentes ces temps-ci. «Peut-être que c'est comme ça quand on vieillit», se dit-elle un peu tristement.

— Qu'est-ce qui n'allait pas avec Jean? lui demande Renée.

Célia se concentre de nouveau sur leur conversation et dit:

— Oh!... je ne sais pas! On était tellement différents.

— Parce que c'est un sportif?

— Il est tellement passionné de sports. Moi, je n'ai jamais eu le temps de pratiquer un sport ni de jouer avec les autres enfants. Je me sens maladroite près d'un gars qui est très athlétique.

Elle soupire et conclut:

— Je crois que je ne pourrais plus jamais tomber amoureuse d'un sportif.

— En tout cas, il y a des tas d'autres types de gars qui donneraient dix ans de leur vie pour sortir avec une cover-girl.

— Je ne veux être le trophée de personne, dit Célia en mordant furieusement dans sa pomme. Je veux seulement qu'un gars m'aime parce qu'on s'entend bien ensemble et... et peut-être qu'il y aura même quelques étincelles quand on s'embrassera.

Serge Gauvin lève les yeux de son énorme sandwich au rôti de bœuf pour regarder Célia et son amie sortir de la cafétéria. Assis à une table derrière elles, il a surpris la fin de leur conversation. Dans sa poitrine, son cœur pèse soudain autant qu'une tonne de plomb.

«Elle déteste les sportifs», se dit-il misérablement.

Cela paraît injuste alors qu'il a presque réussi à rassembler assez de courage pour l'appeler de nouveau. Trois mois plus tôt, il l'avait invitée pour une sortie, mais elle lui avait raconté une histoire au sujet d'un travail. Après ça, il avait eu peur de l'inviter encore et qu'elle l'envoie promener. La prochaine fois, elle pourrait ne pas ménager autant son ego.

Il regrette de ne pas avoir eu l'occasion de mieux la connaître et de se présenter lui-même. Il est bien plus qu'un simple sportif. Il est certain de pouvoir la rendre heureuse. «Mais elle ne me laissera pas le lui prouver», se dit-il amèrement.

C'est tellement injuste.

Célia se tient devant une roulotte portant un écriteau sur lequel elle lit: *AMANDA PERREAULT/ ASSISTANTE DU RÉALISATEUR*. Avec quinze autres, cette roulotte est stationnée dans une région

34

boisée des environs de Coleran. Une grande demeure de pierre, bâtie d'après le modèle d'un château allemand et entourée de jardins bien aménagés, sert de lieu de tournage pour *Sombres Souvenirs*. L'endroit est maintenant interdit au public et la maison de production a commencé à y installer les décors.

Les longues roulottes, alignées les unes près des autres, servent de bureaux et de salles d'habillage. Des générateurs, des projecteurs, des boîtes d'accessoires et divers véhicules sont prêts à être utilisés. Le terrain de stationnement agrandi est réservé aux membres de l'équipe technique et à la distribution. Une guérite pour les agents de sécurité a été installée au pied de la colline pour décourager les curieux et les fans agressifs.

À droite de la porte de la roulotte d'Amanda Perreault, quelqu'un a écrit sur un carton : TOUTES LES VEDETTES DOIVENT SE PRÉSENTER ICI.

Célia a le trac. La nuit dernière, elle était si excitée qu'elle a à peine dormi. Elle frappe à la porte.

— C'est ouvert ! crie une voix à l'intérieur.

Célia monte les deux marches de bois et entre.

Amanda, assise sur le bord d'un bureau, la regarde cligner des yeux pour qu'ils s'habituent à la pénombre.

— Bonjour ! dit joyeusement Célia pour cacher sa nervosité. Il paraît que je dois me présenter à vous.

— Exact, répond Amanda sans sourire.

Elle a environ dix ans de plus que Célia. Ses cheveux courts sont plaqués sur sa tête. Aucun maquillage ne souligne ses hautes pommettes ni ses beaux yeux en forme d'amande.

L'examinant d'un regard professionnel, Célia se dit : « Avec un peu d'effort, elle pourrait être superbe. »

— Assieds-toi, commande Amanda en lui indiquant un fauteuil de cuir d'un geste de la main. Tu dois remplir plusieurs formulaires.

Célia s'avance d'un pas, puis s'arrête brusquement. Un garçon est affalé dans le fauteuil.

Lorsqu'il lève le regard vers elle, ses yeux bleu foncé brillent d'intérêt. Il renverse la tête et une vague de cheveux blonds déferle sur son front et vient lui cacher un œil, de la même manière qu'on peut le voir sur l'écran d'une centaine de cinémas à travers le pays.

— Salut ! dit-il. J'ai entendu dire qu'on allait travailler ensemble.

Célia doit avaler sa salive avant de pouvoir lui parler. Elle lui tend la main en disant :

— Tu es… hum, tu es Hugues Richemond.

— Ouais.

Il sourit, ravi que sa seule présence l'ait déconcertée.

— Je te présente Célia Émond, dit Amanda en surveillant attentivement leurs réactions.

— Parfait, dit Hugues en laissant son regard

errer le long de ses longues jambes gainées de jean et jusqu'à ses grands yeux bleus.

Il se redresse légèrement dans le fauteuil, puis il lui dit:

— Eh bien, Célia, je crois qu'on va bien s'amuser ensemble en tournant ce film. Théo est drôle. Tiens, j'ai une excellente idée: et si tu venais dans ma roulotte pour qu'on répète ensemble quelques-unes des scènes. Une espèce de séance de réchauffement.

— Hugues! Tiens-toi tranquille! ordonne Amanda. Célia est une provinciale. Et c'est son premier film.

— Ah! Une vierge, hein?

Célia hésite un instant de trop avant de rire et de répliquer:

— Oui, c'est mon premier film! Mais j'ai beaucoup joué au théâtre et je suis mannequin depuis que je suis toute petite.

Amanda lui met des feuilles de papier et un stylo dans les mains en disant:

— Signe partout où j'ai fait une croix rouge. Ce sont des formulaires standard de renseignements. Celui du dessus est pour ta fiche médicale... au cas où il t'arrive un accident pendant le tournage et qu'on doive appeler tes parents ou ton médecin de famille.

Hugues se lève et offre son siège à Célia. Elle s'y assied en lui adressant un sourire de remerciement. Hugues se perche sur le bras de son fauteuil. Il la regarde écrire son adresse et son numéro de téléphone.

— C'est une belle région par ici, commente-t-il. Et, en limousine, ça ne prend qu'une heure pour se rendre à Montréal. Je songe à y faire du théâtre.

— Vraiment?

— Oui, si je trouve la bonne pièce, le bon rôle.

— Hugues, intervient Amanda, si tu allais faire un tour aux costumes. Tu devrais y être depuis une demi-heure.

Les yeux du jeune acteur s'assombrissent et un muscle se crispe dans son cou. Célia a entendu parler de ses colères. Elle retient son souffle, tandis qu'Hugues et Amanda s'affrontent du regard.

Puis il sourit à Célia.

— Fais attention à Amanda, lui dit-il, comme si celle-ci n'était pas dans la pièce. Elle aime mettre son nez dans les affaires des autres. Elle écoute même nos conversations téléphoniques et elle lit notre courrier pour être certaine que tout le monde est totalement loyal envers son maître.

— Hugues! Ça suffit! gronde Amanda.

— Mesdames, je dois vous quitter, dit-il joyeusement.

Il embrasse Célia sur la joue et lui dit:

— Viens me retrouver quand tu auras terminé ici. On doit vraiment apprendre à se connaître avant le début du tournage. On va jouer ensemble quelques scènes d'amour, tu sais!

Célia passe le reste de la matinée à faire la connaissance des membres de l'équipe technique. Le travail de chacun est aussi important que celui des acteurs.

Elle rencontre la costumière et ses assistants, les maquilleurs et le responsable des effets spéciaux. Il y a aussi la responsable des cascades et son équipe, le directeur photo, les techniciens chargés de l'éclairage et du son.

Alors que Célia quitte la roulotte des costumes pour la seconde fois de la journée, elle aperçoit un visage familier.

— Jean! crie-t-elle joyeusement.

— Hé! j'espérais qu'on se rencontrerait, dit-il en souriant.

Grand et mince, il est bâti comme un joueur de basket-ball bien que son sport favori soit le baseball.

— Comment on se sent quand on est une vedette? lui demande-t-il.

— Jusqu'à maintenant, j'ai surtout rempli des tas de formulaires et j'ai essayé de graver dans ma mémoire des dizaines de noms et de visages. Et comment ça se passe pour toi?

— Drainville me tient occupé, répond-il en haussant les épaules. Rien de bien important, mais le salaire est fantastique. J'en avais drôlement besoin. Maman travaille fort, mais elle ne peut pas nous faire vivre tous les trois et, en plus, économiser pour mes études.

— Ça doit être dur pour elle de vous élever toute seule, dit gentiment Célia.

Lorsqu'elle sortait avec Jean, elle a appris à bien connaître sa famille. Il est l'homme de la maison. Leur père les a quittés lorsque les deux enfants étaient jeunes. Célia est devenue amie avec Bernadette, mais elle a l'impression que celle-ci jalouse ses succès. Madame Watier n'est aimable qu'avec les gens qui sont utiles à la carrière de sa fille. Malgré tout, Jean est resté son ami après leur séparation.

— Est-ce que Bernadette est ici ?

Jean fixe un point lointain, comme si quelque chose avait attiré son regard.

— Bernadette ? Non. Les figurants se présentent seulement demain.

— Dommage. Je me disais qu'on aurait pu dîner tous les trois ensemble.

— Ouais, bien… peut-être demain. Écoute, mon patron me fait signe… Je dois y aller. On se reverra.

Elle le regarde partir. Elle s'inquiète pour lui. Il travaille dur et prend soin de sa mère et de sa sœur.

Alors que, perdue dans ses pensées, elle se dirige vers la roulotte de maquillage, quelqu'un l'agrippe par l'épaule. Elle se retourne. C'est Théodore Drainville en personne.

— Tu n'es pas trop perdue ? lui demande-t-il.

— Non, monsieur. Je vais au maquillage.

— Attends ! Je veux que le photographe de plateau prenne quelques clichés de toi avant que le maquilleur ne te métamorphose trop. Des photos avant et après.

— Il y aura une si grande différence?

— Tu ne te reconnaîtras pas, ma chérie, dit-il en éclatant de rire. Tu as lu le scénario, hein?

— Oui, trois fois.

— Raconte-moi l'histoire. Je veux être sûr que tu en as saisi l'essentiel. Tu dois comprendre ton rôle pour bien le jouer.

— Ça commence il y a un peu plus de cent ans avec Hector Grisard, le propriétaire du château.

— Oui, ça se passe en 1895 pour être exact. Continue.

— C'est un célèbre acteur de théâtre, très talentueux. Son ego devient tellement gros qu'Hector déclare qu'il peut tromper tout le monde, et la Mort elle-même.

— Oui! crie Drainville, les yeux brillants d'excitation. Il est sans doute le premier spécialiste des effets spéciaux. Il lance le défi ultime.

— Des années plus tard, alors que sa gloire commence à décliner, il épouse une superbe jeune actrice et l'emmène vivre dans son domaine. Ils sont heureux pendant quelque temps. Mais tandis qu'elle a de plus en plus de succès, lui a de la difficulté à trouver des rôles et il devient jaloux. Il s'imagine qu'elle le trompe avec son partenaire. Elle est innocente, mais il la tue.

— Comment? demande Drainville d'un ton avide.

— Il... Il la poignarde en plein cœur avec un coupe-papier au manche orné de perles, un cadeau du partenaire de sa femme.

— Et alors?

— Les policiers le pourchassent dans les jardins de son château. Lorsqu'il est cerné, il jure qu'ils ne l'auront pas. Son corps mourra de sa propre main, mais son esprit survivra pour garder son domaine et empêcher que jamais plus une femme n'en devienne la maîtresse.

— Magnifique! s'écrie Drainville en sautillant comme un petit enfant. Puis un siècle passe.

— Hugues et moi arrivons au château, qui a été converti en hôtel. Hugues joue un jeune étudiant en médecine et je suis sa femme.

— Et quel est le lien entre les deux époques?

— Hector est un mort-vivant... un zombi. Il croit que la jeune femme qui ressemble à son épouse défunte vient lui voler sa propriété. La seconde nuit de notre lune de miel, Hector... me tue!

— Exactement. Il te tue de la même manière qu'il avait tué sa femme. Mais le jeune mari est si désespéré d'avoir perdu celle qu'il aime qu'il déterre son corps. Puis il lui injecte un produit que ses camarades en médecine et lui ont mis au point, un produit qui doit conserver le corps jusqu'à ce que la science soit assez avancée pour découvrir une façon de le réanimer.

— Mais il y a un problème. Le produit ramène

son épouse, c'est-à-dire moi, temporairement à la vie.

— Exact. Sauf que tu n'as plus d'âme. Hugues se rend compte de son erreur, mais il ne peut se résoudre à te tuer... de nouveau.

— Il a trompé la Mort.

— C'est un crime contre nature, le plus horrible de tous, murmure Drainville, les yeux assombris. Le jeune homme comprend qu'il n'y a qu'une solution au drame. Il rapporte ton corps au château où Hector Grisard le réclame comme étant celui de son épouse. Ce couple va vivre une existence d'ombre, hantant pour toujours le domaine.

— Je suppose que le maquillage va vraiment me donner l'apparence d'une morte.

— Si Gilbert fait du bon travail, dit Drainville avec un grand sourire. Viens.

Ils se dirigent ensemble vers la roulotte réservée au maquillage.

— As-tu vu ta roulotte ? demande Drainville.

— Non. Je ne savais pas qu'il y en avait une pour moi.

— Tu es mon actrice principale ! Puisqu'on est ici, passons voir s'il y a tout ce qu'il te faut.

Ils tournent à droite et passent entre deux roulottes.

À côté d'une immense roulotte grise marquée d'une étoile et du nom d'Hugues, Célia aperçoit la sienne. Compacte et blanche, celle-ci porte simplement son nom. Elle ne mérite pas une étoile.

Ils entrent. L'unique pièce est meublée d'une coiffeuse blanche, d'un miroir lumineux et d'un lit étroit enseveli sous un couvre-lit de dentelle blanche et de nombreux coussins joufflus. L'intérieur de la roulotte est confortable et rassurant.

— C'est super! dit Célia en souriant.

— Si tu as besoin de quoi que ce soit, décroche le téléphone et appelle Amanda, suggère Drainville. As-tu des questions?

— Je n'en ai pas… mais…

— Quoi? demande-t-il impatiemment.

— J'ai… J'ai une espèce de confession à faire.

— Oh!

— Je, euh, je déteste les films d'horreur.

Voyant son expression sévère, elle se dit qu'elle a fait une grosse erreur.

— Ce ne sont pas seulement vos films, s'empresse-t-elle d'ajouter. En fait, jusqu'à ce printemps, je n'en avais jamais vu aucun parce qu'ils me donnent la nausée. Tout ce sang et…

Drainville la regarde d'un air stupéfait. Puis il pousse un énorme éclat de rire.

— Je suis désolée, monsieur Drainville, je trouve que vous êtes un excellent réalisateur; je veux dire, vous devez l'être, c'est ce que tout le monde dit. Mais je n'y peux rien…

— Ne t'excuse pas. Mes producteurs ne regardent pas mes films non plus. Mais ils savent ce qui rapporte aujourd'hui. Par contre, moi, je me fous complètement de l'argent. Ce que j'aime, c'est le défi de réaliser l'impossible. On sait que les morts ne ressuscitent pas, qu'aucun être humain ne s'est jamais transformé en loup-garou et que les esprits maléfiques n'entrent pas dans le corps de jeunes enfants, à l'exception peut-être de ceux de quelques petites pestes de vedettes que je connais. Mais j'ai commencé ma carrière en tant que spécialiste des effets spéciaux. Je trompe les spectateurs. Fausses balles, faux sang, faux cadavres; c'est un peu comme si j'étais…

— Un dieu!

Les yeux de Drainville brillent.

— Exactement! murmure-t-il. Combien d'humains sont capables de faire vivre et mourir d'autres êtres selon leur bon vouloir?

Son enthousiasme morbide la glace de nouveau. Elle n'entend pas la porte de la roulotte s'ouvrir.

— Mademoiselle Émond! dit une voix cassante.

Célia se retourne vivement. Amanda la regarde sévèrement, les bras croisés sur sa poitrine.

— Tu es en retard au maquillage, lui dit-elle.

— Ne la dispute pas, Amanda, intervient Drainville. C'est moi qui l'ai retenue pour des photos. Laisse-moi aller voir quand Jocelyn pourra les faire.

Il sort de la roulotte et les deux femmes regardent ensemble la porte qu'il vient de refermer.

— C'est un homme vraiment étrange, dit Célia.

— C'est un génie! affirme Amanda avec une ferveur surprenante.

Célia lui jette un coup d'œil, surprise par l'émotion contenue dans sa voix.

— As-tu vu *Flammes funestes*? lui demande Amanda.

— Non.

— Tu devrais. Théo a inventé une technique pour transformer quelqu'un en monstre sous les yeux des spectateurs. Il a combiné l'accéléré et l'animation par ordinateur. C'est brillant. Avec *Flammes funestes*, il est devenu le plus grand spécialiste des effets spéciaux.

— Mais il est plutôt devenu réalisateur.

— Oui. Il a tourné le dos à sa profession pour relever de nouveaux défis. Tout le monde dans le milieu disait qu'il visait trop haut. Mais il leur a donné tort. Ses réalisations sont géniales !

Les yeux d'Amanda brillent d'adoration. «Ça alors ! Elle est amoureuse de lui ! se dit Célia. Pas étonnant qu'elle mette son nez dans les affaires des autres. Elle protège Drainville.»

Amanda se rend compte qu'on l'examine. Elle redevient froide.

— Ne t'imagine pas que parce qu'il s'est occupé de toi aujourd'hui, il sera toujours comme ça, dit-elle. Théo est un perfectionniste. Si tu ne travailles pas assez fort selon lui, il se débarrassera de toi. Et une autre chose : ne songe même pas un instant à commencer une histoire d'amour avec Hugues. Ne prends rien de ce qu'il te dit au sérieux. Ce gars-là flirte avec toutes ses partenaires.

Si tu tombes amoureuse de lui, tu ne pourras pas te concentrer sur ton travail.

— Je me souviendrai du conseil, promet Célia.

Ils ne tournent pas de la semaine mais, à la fin de chaque journée, Célia est épuisée. Lorsqu'elle n'apprend pas ses répliques, on la traîne de la roulotte de maquillage à celle des costumes.

Ce soir, en rentrant, elle monte se reposer dans sa chambre avant le souper. Étendue sur son lit, elle écoute les messages enregistrés sur son répondeur. Dans le premier, Renée se plaint que l'école est ennuyante sans elle.

Le deuxième message est de Marjolaine : « Des gens de *Elle Québec* m'ont appelée pour que tu fasses des photos pour leur numéro de Noël. Dommage que le tournage ne sera pas terminé à ce moment-là. Mais ils étaient impressionnés quand je leur ai dit que tu tournais avec Drainville. Je suis sûre qu'ils rappelleront et qu'ils offriront encore plus d'argent. »

Cette chère Marjolaine, elle voit toujours les avantages dans une offre.

Le troisième message est de sa mère, qui la prévient qu'elle rentrera tard. « Ouache ! Encore un surgelé pour souper ! » se dit Célia.

Le quatrième message est dit d'une voix étouffée, comme si l'interlocuteur parlait à travers un épais brouillard : « Chère Célia, je te surveille. J'espère que tu feras de ton mieux dans ce film, ma chérie. Parce que si tu me déçois… il pourrait t'arriver quelque chose de terrible. J'observerai ton jeu. Pense à moi comme à ton plus grand *fan*. »

Chapitre 4

Célia reste étendue sur son lit, paralysée d'effroi.

Cette voix! Elle lui semble familière, mais elle ne peut pas l'identifier à cause de la distorsion: l'interlocuteur parlait à travers une serviette ou une épaisseur de papier.

Elle ne peut pas bouger ni penser pendant plusieurs minutes. Puis elle se dit: «Mon Dieu! Qu'est-ce que je vais faire?»

Le répondeur rebobine automatiquement la bande et s'arrête.

Célia se roule sur le ventre, attrape son téléphone et compose le numéro du bureau de sa mère. Elle laisse sonner une dizaine de fois avant de raccrocher.

Son père! Non. Il est en voyage d'affaires.

Les mains tremblantes, Célia compose un autre numéro.

— Résidence Baribeau.

— Renée!

— C'est toi, Célia? Tu as une drôle de voix. Ça va?

— Non.

Quelque part dans la maison, le plancher craque. Mais il n'y a pas de bruit de pas.

— S'il te plaît, dit Célia à son amie, ne pose pas de questions. Viens.

Elle raccroche et descend vérifier que toutes les portes sont verrouillées. Puis elle se plante devant la fenêtre du salon et attend Renée. Celle-ci arrive, hors d'haleine, neuf minutes plus tard.

— Pourquoi ça t'a pris tant de temps? demande Célia en la faisant entrer et en refermant la porte à clé.

— J'ai dû me rhabiller. J'étudiais en pyjama. Qu'est-ce qui se passe?

— Viens dans ma chambre. Je veux te faire écouter quelque chose.

Renée s'assied sur le lit de Célia et celle-ci lui fait entendre le message.

— C'est vraiment terrifiant! s'écrie Renée après l'avoir écouté en entier.

— Il me semble que je connais cette voix. Est-ce qu'elle te rappelle quelqu'un?

— Non. Je dirais que c'est un gars. Mais c'est peut-être une femme qui parle très bas pour déguiser sa voix.

— Tu as raison, dit Célia en se frottant vigou-reusement le nez.

C'est une vieille manie qui rend les photographes

furieux parce que ses doigts fébriles enlèvent alors le fond de teint qui lui donne un bronzage à longueur d'année, laissant une ligne claire sur l'arête de son nez.

— Qu'est-ce que je dois faire ? demande Célia.

— C'est probablement une blague. Un imbécile qui s'amuse à téléphoner aux gens dont il a entendu parler dans les journaux. C'est facile, ton numéro est dans l'annuaire. Si ça t'embête trop, préviens la police.

— La police ? Est-ce que c'est pas excessif ?

— Alors, ne fais pas attention à cet appel idiot. Tu n'en recevras sans doute pas d'autre.

* * *

Le tournage débute enfin. Comme la température est douce, Drainville commence par les scènes d'extérieur. Ce n'est que plus tard que son directeur photo utilisera les sombres forêts, les jardins en labyrinthe et les lugubres chambres du château.

Célia n'a pas hâte de tourner ces scènes-là. Elle doit mourir dans l'une d'elles, puis être réanimée pour devenir un zombi.

En tout cas, aujourd'hui, ça promet d'être amusant, et elle est déterminée à ne pas se laisser abattre par un stupide coup de téléphone.

Ils vont d'abord tourner la scène où Hugues et elle arrivent en voiture au château. Pour que leur voiture reste droite derrière le camion portant la caméra, elle est tirée par celui-ci. Ils sont filmés à travers le pare-brise.

Hugues fait semblant de conduire de la main gauche. Mais la droite tombe tout le temps hors du champ de la caméra pour atterrir sur les genoux de Célia.

Celle-ci ne réagit pas à son impertinence pendant les premières prises. Mais lorsqu'il y a une pause pour que l'équipe puisse régler l'angle de prise de vue d'une caméra, Célia se tourne vers son partenaire.

— Je pourrais mieux me concentrer sur mes répliques si tu ne mettais pas tes mains sur moi, lui dit-elle aussi gentiment qu'elle le peut en serrant les dents.

— Détends-toi, dit-il en riant. Si on prend trop au sérieux des scènes de routine comme celle-ci, on deviendra fous tous les deux.

— Écoute, c'est mon premier film. Je ne veux pas le rater.

— O.K. O.K. Soyons professionnels jusqu'à ce que Théo dise que la journée est terminée. Mais si on mangeait ensemble ce soir? Tu dois connaître de bons restaurants dans les environs.

Il est si beau que c'est difficile de ne pas se laisser séduire quand il pose ses yeux bleus sur elle. Mais quelque chose en lui l'irrite. C'est peut-être sa façon de traiter les gens comme s'ils n'avaient d'importance que dans la mesure où ils peuvent lui être utiles: en lui donnant un rôle ou en sortant avec lui.

— Merci de l'offre, mais j'ai des devoirs à…

— Des devoirs ?

Il la regarde en levant un sourcil, comme sur l'affiche de son dernier film. Célia se demande s'il est sérieux ou s'il lui joue la comédie.

— Tu vas encore à l'école ? dit-il.

— J'ai bien l'intention d'avoir mon diplôme.

— Eh bien ! Je suis certain que tu l'auras, ton diplôme. Quel directeur d'école sain d'esprit oserait te faire échouer, toi, une vedette de cinéma ?

— Je crois que monsieur Halliday veillerait personnellement à ce que je prenne des cours de rattrapage si j'échouais.

— D'accord, pas de souper ce soir. Mais pourquoi est-ce que tu ne viendrais pas à mon hôtel après avoir fini tes devoirs pour qu'on puisse répéter ensemble nos répliques pour demain ?

— Non, merci.

Hugues la regarde, intrigué, tandis que la maquilleuse poudre ses joues pour les empêcher de luire.

— Laisse-moi deviner, dit-il. Tu as un petit ami et tu veux lui être fidèle. Hé, c'est correct.

— Je n'ai pas de petit ami, mais ça ne fait aucune différence.

— Pas d'amoureux ? Et tu repousses Hugues Richemond ?

Apparemment, aucune fille n'a jamais repoussé ses avances jusqu'ici.

— Ma vie personnelle ne te regarde pas, dit

Célia, alors que leur voiture recommence à avancer. Notre relation est strictement professionnelle.

Pendant tout l'après-midi, Hugues s'efforce de rendre la vie de Célia misérable. Il fait exprès de se tromper dans son texte lors des prises qu'elle considère comme ses meilleures ou il la coupe pendant ses répliques. Il s'arrange pour improviser plusieurs fois, ce qui donne l'impression qu'elle ne sait pas ce qu'elle fait.

À la fin de la journée de travail, Drainville les prend à part derrière une haie et leur dit:

— Je ne sais pas ce qui se passe entre vous deux, mais vous êtes censés être des professionnels! Oubliez vos problèmes personnels quand vous êtes devant la caméra!

Hugues regarde la cime des arbres en prenant un air ennuyé.

Avec un grognement exaspéré, Drainville se tourne vers Célia et dit:

— Tu veux faire ce film ou non?

— Bien sûr que je le veux! réplique-t-elle, des larmes de frustration dans les yeux.

— Alors, oublie Célia Émond et deviens Laure Maisonneuve, ton personnage! Et toi, Hugues! Congèle tes hormones le temps qu'on finisse ce tournage. Ton agent m'a dit que tu as besoin de ce rôle.

Hugues jette un regard mauvais à Drainville et réplique:

— Je n'ai besoin d'aucun rôle, mon vieux. Les gens défoncent ma satanée porte pour me supplier de jouer dans leur film.

— Ce n'est pas ce que j'entends dire, mon petit, grince Drainville. Reprends-toi ou je me trouverai une autre vedette. Il paraît que Michel Trieu est libre.

Le visage d'Hugues devient blanc comme un drap.

— Il est pas mal, mais je suis cent fois meilleur, se vante-t-il.

— C'est une question d'opinion, dit froidement Drainville.

Ils se défient furieusement du regard.

Finalement, Drainville baisse les yeux et prend une longue inspiration pour se reprendre en main.

— Demain, c'est une grosse journée, dit-il. On tournera la scène d'amour dans les bois. Je veux que vous alliez au lit ce soir en ayant des pensées aimables pour votre partenaire. Parce qu'au matin, je m'attends à vous voir vous comporter en amoureux plutôt qu'en ennemis devant la caméra. Entendu?

— Oui, monsieur! dit vivement Célia.

Hugues grogne une vague réponse et s'en va.

Célia rentre se changer dans sa roulotte. «Demain, je vais faire semblant d'être follement amoureuse de ce monstre d'égoïsme même si je dois en mourir!» se dit-elle.

Dans la scène dont Drainville a parlé, Laure et Martin, son jeune mari, se promènent dans les jardins et la forêt. Ils ignorent qu'ils sont surveillés par le zombi qui, les voyant s'embrasser, réagit comme s'il apercevait sa femme, morte cent ans plus tôt, dans les bras d'un autre homme. Comme c'est à prévoir, sa colère devient incontrôlable.

Heureusement, le scénario n'exige rien d'autre que quelques répliques passionnées et quelques tendres baisers. Tous les vêtements restent en place. Mais à la pensée de laisser Hugues la toucher, Célia a la chair de poule. Elle va devoir faire de gros efforts pour ne pas montrer son dégoût pour lui.

Lorsqu'elle est entrée dans sa roulotte, tout lui a semblé normal, mais voilà qu'elle remarque tout à coup son exemplaire du scénario posé sur le lit alors qu'elle se rappelle l'avoir laissé sur la coiffeuse. D'autres changements subtils lui sautent aux yeux.

Elle avait accroché près de la porte des costumes ayant besoin de retouches. À leur place, il y a maintenant une longue robe vaporeuse qu'elle doit porter dans les scènes finales alors qu'elle est un zombi. Peut-être qu'une costumière a fait l'échange. Peut-être.

Une canette de *Coke* est posée sur la coiffeuse. Célia ne boit jamais de cola. Les cheveux sur sa nuque se dressent.

«Quelqu'un est entré ici», se dit-elle nerveusement.

Elle feuillette le scénario. Un signet rouge est glissé entre deux pages. Elle lit la scène indiquée :

EXTÉRIEUR. LE JARDIN À CÔTÉ DU CHÂTEAU

Laure est dans le cercueil. Le cortège funèbre est massé autour. Le prêtre vient près de Martin. Il referme le couvercle du cercueil.

MARTIN : Adieu, ma douce Laure. Je t'aime. Je t'aimerai toujours.

LE PRÊTRE : *Mettant la main sur l'épaule de Martin.* Ça va, mon fils. Elle est en paix, maintenant.

FERMETURE DU CERCUEIL

Des pelletées de terre sont jetées sur le couvercle. La couche s'épaissit de plus en plus.

Célia examine le signet. Au verso, en lettres rouges irrégulières, il est écrit : *Et ensuite, tu meurs !*

Poussant un gémissement étouffé, Célia laisse tomber le signet et le scénario sur le lit. Puis elle recule comme s'ils l'avaient mordue.

Saisissant son sac à main et ses clés, elle bondit hors de la roulotte. Elle conduit beaucoup trop vite et ne cesse pas de trembler pendant tout le trajet.

Dans sa chambre, bien que Célia se sente en sécurité, la sensation d'être tourmentée par le mystérieux fan ne la quitte pas. Ses parents sont en bas, mais elle ne veut pas leur parler de l'appel ni du signet. Elle a peur qu'ils l'obligent à laisser tomber le tournage.

À 21 h, lorsque le téléphone se met à sonner, elle hésite avant de décrocher.

— Oui? murmure-t-elle.

— Célia? C'est Jean!

— Oh! bonsoir!

Au moins une fois par semaine, il l'appelle pour prendre de ses nouvelles. Et il lui décrit les matches auxquels il a participé.

— Comment ça va? lui demande-t-elle.

— Oh! Drainville et Amanda me tiennent occupé! J'aurais voulu assister au tournage de quelques-unes de tes scènes, mais je n'en ai pas eu le temps. Ça a bien été?

— Bien, certaines scènes ont été plutôt orageuses: Hugues est tellement pénible.

— Comment ça?

— Oh! il ne pense qu'à flirter!

— Il ne fait pas mentir sa réputation, dit Jean en riant.

— Demain, c'est la grande scène d'amour.

Silence.

— Jean? Tu es toujours là?

— Oui. Je me disais que ça ne sera pas facile d'embrasser un gars que tu n'aimes pas.

— Ça ne me tente vraiment pas.

— Tu peux imaginer que c'est quelqu'un d'autre.

C'est une excellente idée. Célia ne sait pas trop qui pourrait être ce mystérieux amoureux, cependant. Aucun nom ne lui vient à l'esprit.

Soudain, elle se sent terriblement seule. Les autres filles ont un amoureux. Elle n'a personne, à part un admirateur cinglé.

— Je vais sans doute suivre ton conseil, dit-elle à Jean. Il faut que je te laisse maintenant. J'ai des tas de choses à faire.

Il y a probablement de la tension dans sa voix, car Jean lui demande :

— Célia, tu as un problème ?

— Non, ment-elle.

Elle n'a pas envie d'en parler au moment de se coucher, de peur de provoquer un cauchemar.

— Écoute, dit Jean, te faire draguer par Richemond, ce n'est pas la fin du monde. Bernadette le supporterait très bien, si ça lui permettait d'obtenir un rôle principal.

— Je ne devrais pas me plaindre, dit-elle vivement.

Elle déteste les pleurnicheurs.

Elle dit au revoir à Jean et raccroche. Il a raison, ce qu'il faut, c'est imaginer que ce n'est pas Hugues qui l'embrasse, mais un autre. Quel autre ?

Elle feuillette les magazines empilés près de son lit. De beaux visages d'acteurs et de mannequins y sourient avec séduction. Mais ce sont des sourires faux, semblables à ceux qu'elle-même adresse à la caméra. Repoussant les magazines, elle fouille le tiroir du bas de sa commode et en sort l'album-souvenir de l'année scolaire précédente. Elle l'ouvre à la section des photos de ses camarades de classe.

Au moins, ces gars-là sont vrais. Elle en élimine certains d'emblée : ceux qui sont agressifs et qui se vantent de leurs mauvais résultats scolaires parce qu'ils croient que c'est *cool* ; ceux qui boivent ou qui fument comme des cheminées. Lorsqu'il ne reste que les garçons intéressants, elle prend leur apparence en considération.

Elle préfère ceux qui ont les cheveux noirs, sans doute parce qu'elle est blonde. Elle élimine donc les blonds et les roux.

Son doigt se pose sur la photo d'un gars à la mâchoire virile et à l'air sérieux. Il semble n'avoir peur de rien ; ses yeux regardent droit dans l'objectif de l'appareil photo. Il y a un pli agréable aux commissures de ses lèvres, comme s'il souriait souvent, mais avait décidé de rester sérieux au moment où la photo a été prise. Elle sourit doucement lorsqu'un léger pincement lui chatouille le creux du ventre.

Sous la photo, la légende dit : *Serge Gauvin. Équipe de lutte. Surnom : Bulldozer. Club des meilleurs élèves. Comité de l'album-souvenir. Club de photographie. Jeunes ingénieurs.*

Un sportif et un « bolé », ce n'est pas du tout son

genre. Mais il y a quelque chose de fascinant chez lui. Elle a de la difficulté à détourner le regard de sa photo. Serge l'a invitée une fois à sortir. Elle aurait voulu dire oui, mais elle avait une séance de photo en dehors de la ville cette fin de semaine-là. Elle avait été déçue qu'il ne l'invite plus ensuite.

Célia serre l'album contre elle et s'adosse à son oreiller. Oui, elle pourra évoquer les traits de Serge lorsqu'Hugues l'embrassera. Déjà, en pensant à lui, elle se sent plus heureuse qu'elle ne l'a été depuis des mois.

Lorsque Serge se réveille, il se dit d'abord que c'est samedi et qu'il n'a donc pas de séance d'entraînement ni de réunion. S'il le veut, il peut dormir toute la journée.

Puis il se souvient de *Sombres Souvenirs...* et de Célia.

Il se lève d'un bond et met son survêtement, comme s'il allait faire son jogging. Il n'est que 7 h, mais il veut être au château au moment de l'arrivée de Célia.

Le survêtement servira à justifier sa présence sur le domaine du château. De plus, le tissu gris se confondra avec les troncs d'arbres. Avec un peu de chance, Serge pourra observer le tournage de loin. Il cache son appareil photo dans la poche kangourou du survêtement.

Le domaine n'est qu'à une dizaine de kilomètres de chez Serge. Il s'y rend en cinquante minutes à peine et n'est même pas à bout de souffle lorsqu'il quitte l'étroit sentier et entre dans le bois. Il se dit : « Si Célia m'aperçoit, peut-être que je pourrai aller lui dire en face que je suis son plus grand *fan*. Puis je l'inviterai à venir manger une pizza avec moi après sa journée de travail. »

Il devine que, pas plus que les autres fois, il n'aura le courage de lui parler. Pourquoi voudrait-elle d'un gars comme lui alors qu'elle a Hugues Richemond ?

Un goût amer lui emplit la bouche et il sent la rage s'enfler dans sa poitrine. Une soudaine flambée de violence le pousse à cogner sur un tronc d'arbre. La douleur dans sa main lui fait oublier celle qui lui crispe le cœur.

Alors qu'il commence à gravir la colline, une nouvelle détermination surgit en lui. Cette fois, il n'acceptera pas qu'elle lui dise non. Il la forcera à lui prêter attention... de n'importe quelle façon. Il lui parlera et l'obligera à l'aimer.

Célia ferme les yeux et s'appuie contre un tronc d'arbre pour réciter mentalement ses répliques.

Elle trouve que c'est plus facile de faire du cinéma que du théâtre. Dans un tournage, l'histoire est découpée en petites scènes. L'actrice n'a que quelques phrases à réciter à la fois, puis le réalisateur crie : « Coupez ! » Ensuite, tandis qu'on déplace les équipements de son et d'éclairage, les acteurs mémorisent les quelques phrases à dire dans la prochaine scène. En fait, il y a trop de pauses. Ça donne le temps à Célia de jongler avec des pensées déplaisantes, à propos du mystérieux *fan*, par exemple.

« Je vais penser à Serge », se dit-elle, tandis qu'une maquilleuse lui remet du rouge à lèvres.

Bien qu'embrasser un garçon soit quelque chose d'agréable, ça paraît bizarre de le faire sous les yeux de tant de gens. Ce qui la préoccupe encore plus, c'est la pensée que son mystérieux admirateur se trouve peut-être parmi les observateurs.

— Trouvez-moi Hugues ! crie Drainville. On est prêts à tourner !

Célia va se placer à l'endroit marqué, consciente que tout le monde la regarde. Après tout, elle est la nouvelle partenaire d'Hugues. Certains ont probablement déjà parié qu'elle couche avec lui.

Finalement, Hugues apparaît, hors d'haleine et échevelé. Un maquilleur se précipite vers lui avant qu'il prenne place devant la caméra.

— Je t'avais dit de ne pas t'éloigner, dit Drainville d'un ton brusque.

— Je suis là ! réplique Hugues en repoussant rudement le maquilleur. Finissons-en avec cette scène.

— O.K., les enfants, dit Drainville, souvenez-vous que vous êtes follement amoureux l'un de l'autre et que ceci est votre première nuit en tant que mari et femme.

Célia se tourne pour faire face à Hugues. Le visage du garçon est transfiguré par un sourire d'adoration. Elle pourrait presque croire qu'il l'aime. Mais elle le connaît trop bien. Il est meilleur acteur qu'elle ne le pensait.

— Action! crie Drainville.

« Il faut que la première prise soit la bonne, se dit Célia. Pense au beau sportif. Pense à Serge Gauvin et oublie que tu embrasses ce décevant Roméo. »

Elle s'abandonne contre la poitrine d'Hugues, alors que les mains de l'acteur se posent sur sa taille.

— Je t'adore, ma chérie, récite-t-il. Je ne sais pas ce que je deviendrais si tu disparaissais de ma vie.

— Je t'aime, moi aussi, roucoule-t-elle d'un ton convaincant.

Il se penche et son souffle effleure la joue de Célia. Celle-ci ferme les yeux et pense au visage énergique de Serge. Elle se force à imaginer que ce sont les lèvres de Serge qui pressent les siennes.

Pendant quelques secondes, elle se convainc elle-même que le garçon de l'album-souvenir est tout contre elle. Elle ne résiste pas lorsque le baiser d'Hugues devient plus passionné. C'est comme si elle et Serge étaient seuls dans le magnifique domaine. Les aiguilles de pin parfument l'air. Des oiseaux chantent dans les arbres.

Soudain, elle prend conscience que quelque

chose ne va pas. Ouvrant les yeux, elle aperçoit le regard brillant de malice d'Hugues.

Elle s'écarte de lui et constate alors que son chemisier n'est plus fermé que par un seul bouton.

— Espèce de pervers! hurle-t-elle. Ce n'est pas indiqué dans le scénario.

Hugues rit joyeusement.

— Coupez! crie Drainville.

Il s'approche d'eux d'un air furieux.

— C'est quoi votre foutu problème, vous deux?

— C'est lui, le problème! crie Célia. On doit s'embrasser, pas déshabiller l'autre.

— Elle répondait à mon baiser, dit Hugues en roulant des yeux innocents. J'ai un peu improvisé. Rien de grave.

Célia le foudroie du regard, puis se tourne vers Drainville.

— Je n'étais pas préparée à ça. Je…

Le directeur photo intervient:

— Laisse tomber, Théo. Ou ça lui plaisait vraiment ou elle joue extrêmement bien la passion. Nous avons une excellente prise.

Drainville sourit. Célia rougit.

— Alors, on n'a pas besoin de refaire la scène? demande-t-elle faiblement.

— Non, on garde cette prise, répond Drainville, de meilleure humeur. Écoute, à partir de maintenant, détends-toi et laisse Hugues te charmer, comme il vient de le faire. Ça fait des merveilles.

Il lui fait un clin d'œil et s'en va.

— Je préfère manger de la crotte de bique, murmure-t-elle.

— Si je deviens trop passionné pour toi, bébé, dit Hugues, on peut toujours te trouver une remplaçante.

Son expression est sérieuse. Il s'approche d'elle et lui chuchote :

— Aucune fille ne me repousse sans en subir les conséquences. Tu vas payer, ma chère.

Chapitre 5

Célia a un mouvement de recul tant il y a de méchanceté dans la voix d'Hugues. En le regardant partir, elle songe aux menaces reçues. « C'est difficile à croire qu'un gars en arriverait là seulement parce qu'une fille refuse de sortir avec lui. Par contre, Hugues a un ego format King Kong », se dit-elle.

Mais le message a été enregistré sur son répondeur le jour de sa première rencontre avec Hugues. Elle n'avait encore rien fait pour blesser sa vanité. Peut-être les menaces sont-elles l'œuvre de deux personnes différentes ?

À la fin de la journée, Célia aperçoit Bernadette près des roulottes en compagnie de quelques figurants. Du moins, elle devine que c'est sa camarade sous le maquillage outrancier et les vêtements voyants qui la transforment en putain.

— Bonsoir ! Comment ça va ? lui demande-t-elle d'un ton fatigué.

Il est 19 h; elle meurt de faim et ses nerfs sont tendus à craquer.

Bernadette se renfrogne et lui tourne le dos.

— Qu'est-ce qu'il y a? demande Célia.

Bernadette se retourne, les yeux pleins de larmes, et s'écrie:

— Es-tu aveugle? Regarde ce qu'ils m'ont fait! Tous mes amis vont me voir dans ce film, déguisée en… putain! Cette jupe est tellement courte que je ferais aussi bien de ne pas en porter du tout! Et ces faux cils et cette peinture sur mon visage… C'est dégoûtant!

— Moi, ils vont me tuer, demain.

— Drainville va tourner la scène du cercueil?

— Les funérailles. Je vais passer trois heures au maquillage pour ressembler à un cadavre.

— Affreux. Mais, au moins, tu es la vedette et ils t'ont rendue très belle pendant la première moitié du film. Je ne serai jamais rien d'autre qu'une figurante, soupire Bernadette.

— Ton tour viendra.

— Tu parles comme ma mère. Hier encore, elle me disait qu'au moment où je m'y attendrai le moins, la chance tournera en ma faveur. Qu'en sait-elle?

— Je suis sûre qu'elle a raison. Continue à travailler fort.

— Je le ferai, tu peux y compter. Je… Je serais prête à tuer pour obtenir un rôle comme le tien.

— Hé! dit Célia en riant nerveusement. Je crois

qu'on a besoin de se relaxer. La journée a été dure. As-tu terminé ton travail ?

— Ouais. Pourquoi ? demande Bernadette d'un ton soupçonneux.

— Viens te démaquiller dans ma roulotte. Et puis on pourrait aller manger chez moi.

— Non, merci. Je dois rapporter du lait et du pain pour ma mère.

— On peut aller faire ces courses ensemble.

Célia est soudain terrifiée à la pensée de rentrer dans une maison vide. Elle veut que quelqu'un l'aide à regarder sous les lits et à s'assurer qu'aucune fenêtre n'a été forcée.

— S'il te plaît, viens manger chez moi, supplie Célia.

— Je ne suis pas libre, répond Bernadette qui, surprise de son insistance, prend ses distances. J'ai des devoirs et ma leçon de danse. Peut-être une autre fois.

Célia soupire et regarde alentour. Il ne reste que quelques techniciens en train de ranger les appareils pour la nuit.

Elle retourne à sa roulotte et jette un coup d'œil prudent à l'intérieur, avant d'entrer. Tout semble être exactement comme elle l'a laissé. C'est seulement lorsqu'elle allume que son regard est attiré par le miroir sur lequel il est écrit en lettres sanglantes :

DEMAIN, TU MOURRAS !

D'abord, Célia fixe sans bouger le message menaçant. Étrangement attirée, elle s'approche ensuite du miroir et touche la première lettre. Son doigt devient rouge et mouillé.

Le goût amer de la bile lui emplit la bouche et elle tremble violemment. Elle se traîne jusqu'à la porte et la verrouille. Puis elle mouille un linge pour effacer les lettres.

Elle frotte frénétiquement, mais ne parvient qu'à barbouiller le miroir. Du liquide rouge coule le long de son bras et éclabousse ses pots de maquillage.

Les dents serrées, elle refuse de pleurer. Celui qui lui joue ces mauvais tours ne l'atteindra pas. Si c'est une autre manœuvre d'Hugues pour la forcer à sortir avec lui, elle l'étranglera à mains nues ! Si c'est un autre, elle lui prouvera qu'on ne l'effraie pas...

Un coup est frappé à la porte.

Sa main se crispe sur le linge et un flot de sang dilué coule sur sa coiffeuse. Elle lâche le linge et regarde la porte.

On frappe plus fort.

— Qui est là ? demande-t-elle d'une voix rauque.

— Tu ne me connais pas, mais je vais à la même école que toi.

Elle pourrait appeler l'agent de sécurité ; il y en a un en poste toute la nuit pour surveiller l'équipement.

— Je veux juste te parler une minute, reprend la voix. S'il te plaît.

Ces derniers mots détendent ses nerfs : un psychopathe poli, ça n'a pas de sens.

Elle ouvre la porte et se retrouve en face de Serge Gauvin.

Le garçon qu'elle a embrassé en imagination ! Elle se sent rougir. Mais elle sait qu'il ne peut pas deviner ce qu'elle a fait.

L'actrice en elle prend l'initiative. Elle donne à sa voix un ton neutre, légèrement ennuyé :

— Qu'est-ce que tu veux ?

Malgré son accueil froid, Serge sourit et les commissures de ses lèvres se plissent exactement comme elle l'avait deviné.

— En faisant du jogging dans la propriété ce matin, j'ai perdu ma montre. Je viens juste de m'en rendre compte. Alors je suis revenu en voiture pour voir si quelqu'un l'aurait trouvée. Mais presque tout le monde est parti. Puis j'ai vu que ta voiture était encore là et… Quelque chose ne va pas ?

Il semble si timide et en même temps si fort ; ses muscles tendent son t-shirt et sa silhouette emplit l'embrasure de la porte. Elle pense : « S'il n'est pas mon psychopathe, il ferait un fantastique garde du corps. » Elle se sent attirée par lui. Après tout, ils se sont déjà embrassés, du moins dans son imagination.

Elle a envie de lui faire confiance. Elle l'invite à entrer.

Il regarde alentour et remarque :

— C'est beau, ici.

— Ce serait encore plus beau si un certain crétin me laissait tranquille.

— Quelqu'un t'embête ?

— L'autre soir, il y avait un message sur mon répondeur de la part de « mon plus grand fan ». Il me disait que si je le déçois, je le regretterai.

— Tu me fais une blague !

— Non. Hier, quelqu'un s'est introduit dans ma roulotte et a laissé un autre message sur mon scénario. Et aujourd'hui, il a écrit sur le miroir : « Demain, tu mourras ! »

— Tu devrais appeler la police, suggère Serge en venant voir de près les traces rouges sur le miroir. Un admirateur qui appelle une fois son actrice préférée, c'est sans doute inoffensif. Mais ceci… Le gars pourrait être dangereux. Souviens-toi du *fan* qui avait menacé une vedette, il y a quelques années. Il l'avait finalement assassinée.

— Merci de me rappeler cette histoire rassurante.

Serge hausse les épaules, comme pour dire : « Ce n'est pas de ma faute si le monde est ainsi fait. »

Il reporte son attention sur la coiffeuse. Du bout du doigt, il prend une goutte de sang, la renifle et la goûte du bout de la langue.

— Fais pas ça ! s'écrie Célia.

— Tu as peur que je me transforme en vampire ?

— Bien sûr que non, c'est...

— C'est pas du sang. C'est sucré. On dirait du sirop.

— Les spécialistes des effets spéciaux fabriquent du faux sang. Gilbert, le chef maquilleur, m'a indiqué une recette simple : du colorant alimentaire rouge et du jaune dans du sirop clair.

— C'est probablement du faux sang, mais ça ne veut pas dire que celui qui s'en est servi n'est pas dangereux. Je vais te reconduire chez toi. Préviens tes parents de ce qui t'arrive et tu verras qu'ils insisteront pour que tu appelles la police.

— Si je laisse ma voiture ici, comment est-ce que je reviendrai demain matin ?

— Tu es certaine que tu veux revenir ? Quelqu'un fait tout ce qu'il peut pour te faire abandonner le tournage. Tu ne sais pas jusqu'où il ira. Est-ce que ça vaut la peine de risquer ta vie pour ce rôle ?

— Rien ne me fera abandonner, gronde-t-elle.

— Je suppose que tu sais ce que tu fais. Et si je te ramenais au travail demain matin ?

— Je dois être au maquillage à 6 h.

— Je serai chez toi à 5 h 30.

Célia n'a pas raconté la moitié de son histoire que son père l'interrompt pour déclarer qu'il appelle la police.

Deux policiers sont chez eux vingt minutes plus

tard. Le lieutenant-détective, d'âge moyen, a un gros ventre. Le sergent-détective, grand et mince, a un sourire agréable sous sa moustache rousse.

Ils s'asseyent tous au salon.

Célia reprend son histoire.

— On peut entendre le message ? demande le lieutenant-détective lorsqu'elle a terminé.

— Je l'ai effacé.

Elle était convaincue alors que c'était un incident isolé. Comment aurait-elle pu savoir que c'était le début d'un cauchemar ?

— Et le signet et le miroir ?

— J'ai essuyé le sang sur le miroir et… je ne sais plus ce que j'ai fait du signet. J'ai dû le laisser avec le scénario dans la roulotte. Je devais le prendre pour étudier mes répliques, mais j'étais trop bouleversée et je n'y ai pas pensé.

Le lieutenant-détective envoie son partenaire à la roulotte et continue à interroger Célia. Sa roulotte est-elle fermée à clé ? La nuit, oui. Mais pas le jour, parce que Célia ne veut pas être obligée d'emporter la clé.

Le téléphone sonne et Robert Émond décroche d'un air soupçonneux.

— C'est pour vous, dit-il en tendant le combiné au lieutenant-détective.

Dès qu'il a raccroché, celui-ci regarde Célia en plissant les yeux.

— Mon partenaire n'a trouvé aucun signet dans la roulotte, lui dit-il.

— Vous êtes sûr qu'il a regardé partout ?

— C'est un as de la fouille.

Il lui tourne le dos pour s'adresser à ses parents :

— Puis-je parler seul à seul avec votre fille ?

— Si elle est d'accord, dit son père en jetant à Célia un regard inquiet.

Cette dernière hoche la tête.

Lorsque ses parents ont quitté la pièce, le policier lui dit :

— Ce film a beaucoup d'importance pour toi, hein ?

— Oui.

— C'est ton premier film et tu ferais n'importe quoi pour qu'il ait du succès, n'est-ce pas ?

— Je travaillerai le plus fort que je peux.

— Quand un film reçoit beaucoup de publicité avant de passer sur les écrans, ça fait une grosse différence. Par exemple, si un événement excitant a lieu pendant le tournage, les médias en parlent. Alors le public devient curieux et achète plus de billets pour voir le film. J'ai raison ?

— Oui, mais je ne comprends pas où vous voulez en venir.

— Je parle d'inventer un coup publicitaire ! Disons qu'une actrice dans un film d'horreur est harcelée par un *fan* dément. Tout à coup, le film reçoit de la publicité gratuite d'un océan à l'autre.

— Je ne ferais jamais ça ! s'écrie Célia.

— On n'en a aucune preuve. Par contre, ça peut être l'idée d'un autre que toi. Parmi l'équipe, qui n'hésiterait pas à se servir de toi pour obtenir de la publicité?

— Personne!

Mais tout en disant cela, des noms s'affichent dans sa tête, des noms auxquels elle ne veut pas penser tant qu'elle est en colère.

— Penses-y. En attendant, surveille ta roulotte. S'il t'arrive autre chose, garde les preuves. Appelle-moi si ce comique se manifeste de nouveau, dit le policier en lui tendant sa carte.

— Allez-vous mener une enquête?

— Si le harcèlement continue et qu'on a la preuve que ce n'est pas un truc publicitaire...

Le lendemain matin, Serge vient la chercher en voiture.

— Merci de me conduire là-bas, lui dit-elle. Se lever avant 6 h un dimanche matin, c'est pas un cadeau.

— Pas de problème. Chaque fois que tu as besoin d'un chauffeur, appelle-moi.

Célia le regarde, tandis qu'il conduit prudemment à cause de la brume. Son cou large et musclé est sans doute le résultat de son entraînement de lutteur. Les garçons comme lui l'ont toujours effrayée: ils la font se sentir vulnérable. Cependant, ce n'est pas du tout ce qu'elle ressent ce matin.

— Si la brume ne se dissipe pas avant 10 h, Drainville va être content. On tourne mes funérailles, aujourd'hui.

76

— Si je ne savais pas que tu parles d'un film, je tremblerais.

— Je tremble, film ou non. Je déteste faire semblant de subir une mort sanglante.

— Tu es certaine que tu veux continuer ?

— Il le faut. Ce que je désire le plus au monde, c'est être une actrice. Et voilà que j'ai la chance de jouer dans un film de Drainville.

— Je sais ce que c'est… Parfois, quand je lutte, je me dis : « C'est tout ce qui compte, ce match, ces cinq minutes. » Comme si tout le reste dépendait de ma victoire.

— La lutte, tu prends ça très au sérieux.

— Du moins, pendant un match. Je crois que la vie est comme ça. Quand tu t'impliques dans quelque chose, tu as l'impression que le monde va s'effondrer si tu manques ton coup. Mais en ce moment, la lutte ne me passionne plus autant, même avec les compétitions régionales qui auront lieu la semaine prochaine. Il y a des choses plus importantes dans la vie.

— Ah oui ! Quoi ?

Serge se rend compte soudain qu'il a dit tout haut ses réflexions profondes. Il fixe la route pour ne pas avoir à regarder Célia.

Tout à coup, une voiture surgit d'une allée. Serge applique les freins et donne un coup de volant à droite, évitant de peu l'autre véhicule. Puis il arrête la voiture.

Pendant plusieurs secondes, ils ne parlent ni

l'un ni l'autre. Célia a l'impression d'entendre le cœur de Serge cogner dans sa poitrine.

— Tes réflexes d'athlète nous ont sauvé la vie, dit-elle.

— Écoute, j'ai une idée : et si je t'accompagnais sur le plateau de tournage pour m'assurer que personne ne t'embête.

Automatiquement, elle s'apprête à lui dire non. Puis elle se rend compte qu'elle aimerait qu'il reste avec elle. Ça la rassurerait de savoir qu'un garçon aussi fort veille sur elle.

— Ça ne sera pas facile de te faire admettre sur le plateau. Si ça ne te dérange pas, je pourrais dire à Drainville que tu es mon amoureux et à Hugues aussi : ça devrait lui calmer les hormones.

— Tu veux dire Hugues Richemond ?

— Ouais, dit-elle en riant. Le gars est fidèle à sa réputation. S'il croit que j'ai une relation sérieuse avec toi, il se tiendra tranquille.

— Ça ne me dérange pas que tu te serves de moi, dit Serge avec un grand sourire. Peut-être qu'on devrait se tenir la main pour que ça ait l'air vrai.

— Pourquoi pas ? réplique Célia, que la suggestion rend très heureuse.

Chapitre 6

Aux premières heures brumeuses de ce dimanche, la journée s'annonce parfaite pour mettre à exécution un sinistre projet. Dans un sous-sol, une silhouette solitaire ouvre un livre à la page des instructions marquée par un signet.

C'est malheureux que Célia doive être éliminée de façon violente. Tout ce qu'elle avait à faire pour sauver sa vie, c'était d'abandonner le tournage.

Rien n'a fonctionné. Ni le message sur le répondeur, ni le signet macabre et la robe fantomatique, ni l'avertissement sur le miroir. Il ne reste plus qu'à utiliser une solution radicale.

Les doigts tordent le mince fil avec une infinie précaution. Le détonateur miniature s'ajustera au pli du rabat de l'enveloppe. Lorsque Célia l'ouvrira, il y aura une fraction de seconde de délai, puis ce sera l'explosion.

Son visage et ses mains étant proches de la lettre piégée lorsque celle-ci explosera, eh bien... Un sourire de satisfaction découvre ses dents. Personne ne la paiera jamais plus pour poser devant un photographe. Tout ce qu'il lui reste à décider, c'est quand livrer le message final.

* * *

Célia et Serge quittent le terrain de stationnement, main dans la main. À la guérite, elle a dit que Serge est son amoureux. L'agent en fonction leur a souri et les a laissés entrer.

Non loin de la roulotte de Célia, ils croisent Amanda.

— Qui est ce garçon ? demande celle-ci d'un ton sévère.

— C'est mon petit ami. Serge, je te présente Amanda Perreault, l'assistante de Théodore Drainville.

— Tu avais dit que tu n'avais pas d'amoureux.

— On s'était disputés, réplique Célia en se cramponnant au bras de Serge.

— Mais maintenant, on a repris ensemble, ajoute Serge en la serrant contre lui.

— J'ai du courrier pour toi, dit Amanda en lui tendant une enveloppe. Sûrement un *fan*.

— Merci, dit Célia en examinant l'inscription sur l'enveloppe :

Célia Émond
a/s Compagnie de production de Sombres Souvenirs

80

Il n'y a ni timbre ni adresse de retour. La lettre a dû être livrée en personne à l'agent de la guérite. L'écriture est malhabile.

Un frisson secoue Célia.

— Je crois que c'est un autre message, dit-elle à Serge, dès qu'Amanda les a quittés.

— Je vais l'ouvrir pour toi, si tu veux.

Il ouvre l'enveloppe et en sort une feuille de papier, qu'il déplie. Il sourit.

— Écoute ça, dit-il. Je m'appelle Pauline Sabourin. Je suis en troisième année à l'école primaire où tu as été quand tu étais petite. J'ai vu ta photo dans le journal. Plus tard, je veux devenir une vedette comme toi.

— Je suis devenue trop méfiante, hein? dit Célia, qui respire mieux.

— Je te comprends d'avoir peur. Tu ne sais pas qui sont tes amis et qui est ton ennemi.

« Es-tu mon ami, Serge? » se demande-t-elle. Est-ce qu'il est gentil avec elle pour la même raison que cette petite Pauline lui écrit : parce qu'elle joue dans un film?

— Je dois y aller, dit-elle.

— Ouais. Veux-tu que je reste un peu dans ta roulotte pour la garder? Je pourrais passer te voir à la roulotte de maquillage pour m'assurer que tout va bien.

— Ça me ferait plaisir.

En s'éloignant, Célia se surprend à fredonner. Peut-être qu'elle aura de la chance, cette fois-ci.

Peut-être que sous son apparence de sportif, Serge est un gentil garçon qui l'aime pour elle-même.

Gilbert s'applique à enlaidir Célia. Il met des épaisseurs de latex et de mastic couleur chair autour de ses yeux et de son nez, ce qui a pour effet de donner l'impression que ses orbites et ses joues sont creuses. Il applique sur la fausse chair un fond de teint bleuâtre marbré de gris. Puis il l'aide à mettre des verres de contact qui ternissent l'éclat de ses yeux bleus.

Célia jette un regard misérable à Serge lorsqu'il entre dans la roulotte.

— Serge, tu me reconnais? demande-t-elle.

— Ne parle pas, coco, dit Gilbert. Tu vas décoller le latex avant qu'il soit sec. C'est ton petit ami?

Gilbert connaît tout le monde sur le plateau. Les membres d'une équipe de tournage forment une vraie famille. Les étrangers ne sont généralement pas bien accueillis.

Célia grogne un oui.

— Vous êtes sans doute Gilbert Munoz, dit Serge. Célia dit que vous êtes le meilleur maquilleur de la profession.

Gilbert adresse un large sourire à Célia, puis dit à Serge :

— Tu as un beau profil. Tu es acteur?

— Non, je suis plutôt dans les sports.

— Vraiment? Lesquels?

— Surtout la lutte.

— Il a gagné le championnat régional l'an dernier, dit Célia, enfreignant la règle du silence.

Serge est étonné et enchanté qu'elle sache cela.

— Chut! dit Gilbert en menaçant Célia de son index, puis il poursuit sa conversation avec Serge : Félicitations! Mon fils aussi est lutteur. Bien sûr, il n'est encore qu'un poids plume.

Ils parlent de lutte, tandis que Gilbert continue à rendre l'apparence de Célia de plus en plus dégoûtante. De temps en temps, Serge fait une grimace pour la faire rire.

Lorsque son maquillage est terminé, Célia a l'impression qu'elle connaît Serge depuis des années. Il s'intéresse aux autres; il prend soin d'elle.

Ils sortent ensemble de la roulotte de maquillage. Serge fait des efforts visibles pour garder son sérieux.

— Ne ris pas de moi qui suis si jolie, marmonne-t-elle entre ses dents serrées.

— Ça ne me viendrait pas à l'esprit... Carabosse!

— C'est assez! crie-t-elle en feignant d'être furieuse.

Elle se jette sur lui en riant et il saisit son poignet dans sa main. Elle sent qu'il fait attention de ne pas lui faire mal et ça lui plaît. Elle se dit qu'un jour, ils pourraient jouer à lutter ensemble. Imaginer Serge en train de la plaquer au sol lui fait perdre le souffle.

— Célia! aboie une voix autoritaire.

Drainville se tient entre deux roulottes, les poings sur les hanches. Hugues est à côté de lui.

— As-tu une idée du coût de ce maquillage? demande Drainville. Et si Gilbert doit recommencer, ta négligence retardera le tournage de plusieurs heures. Qui est ce garçon?

— Je suis avec Célia, dit vivement Serge.

— Je ne savais pas que tu avais un petit ami, dit Drainville.

— Moi non plus, renchérit Hugues.

— Monsieur Drainville, est-ce que la police vous a contacté? demande Célia.

— La police? Pourquoi?

— Un crétin harcèle Célia, répond Serge.

— Que fait-il exactement, Célia? demande Drainville.

Tout en lui parlant des messages, Célia ne peut s'empêcher de se rappeler les soupçons du lieutenant-détective. Drainville est un suspect évident, car il a investi beaucoup d'argent dans le film. Hugues en est un autre. Il a accepté un cachet modéré, en échange d'une part des recettes. Si le film est un succès, il sera riche. Et elle serait la victime parfaite pour son plan, puisqu'il la déteste.

— Je reçois des lettres de menace sans arrêt, se vante justement Hugues. N'y fais pas attention.

— Hugues a raison, dit Drainville. C'est probablement une mauvaise plaisanterie. Ne la laisse pas nuire à ta performance.

— Non. Mais… Est-ce que Serge peut rester près de moi aujourd'hui ?

— Ça ne me plaît pas, grogne Drainville. Mais, d'accord, il peut rester.

Il pointe Serge du doigt et l'avertit d'un ton grave :

— Toi, ne te mets pas dans nos jambes !

— Non, monsieur.

Rester assise pendant trois heures pour que Gilbert l'enlaidisse était déjà pénible. Être enterrée vive promet d'être encore pire.

Lorsque Drainville ordonne à Célia de se coucher dans le cercueil, un sentiment de détresse accable celle-ci. Elle croyait qu'il filmerait un cercueil fermé et qu'il ajouterait simplement quelques gros plans de son visage sur un fond de velours. D'habitude, lorsqu'un cercueil arrive au cimetière, il est fermé. Mais ce n'est pas le cas, car Drainville a choisi cette scène pour que le jeune mari dise un dernier adieu à sa femme.

Célia se couche dans la boîte à la forme horrible.

— Ne bouge plus jusqu'à ce que je te le dise, gronde Drainville. Tu es morte. Ne remue même pas un cil. Compris ?

— Oui.

Il arrange sa robe et ses cheveux, puis il lui joint les mains sur la poitrine. Lorsqu'il est satisfait, il se redresse et appelle :

— Hugues, viens ici ! C'est ça. Tu pleures ta

jeune épouse, la jeune femme avec laquelle tu voulais passer le reste de ta vie. Elle est morte. Tu es prêt à tout pour la ramener à la vie.

Célia respire à petits coups pour que sa poitrine ne bouge pas. Les caméras vont bientôt filmer.

— Prenez vos places, ordonne Amanda.

Célia sent qu'on se penche sur elle, mais elle garde les yeux fermés pour obéir à Drainville.

— Adieu, ma chérie, chuchote une voix rauque.

Elle ouvre les yeux, mais tout ce qu'elle voit, c'est une rangée de visages qui entourent le cercueil et la regardent tristement. Le cortège funèbre.

— Je t'ai dit de garder les yeux fermés ! hurle Drainville.

Elle baisse les paupières. Qui a chuchoté ces mots terrifiants ?

— Caméra !… Action !

Le prêtre récite les dernières prières. Puis Célia l'entend s'éloigner. Une rumeur de pas indique que le cortège s'en va. Maintenant, selon le scénario, Hugues doit s'approcher du cercueil. Elle le sent se pencher sur elle. Quelque chose de doux effleure ses doigts. Un parfum de rose lui monte aux narines.

— Je t'aime, dit-il d'un ton convaincant.

Puis le couvercle du cercueil grince tandis qu'on le referme. La lueur grise qui pénètre les paupières de Célia diminue graduellement. Et c'est l'obscurité totale.

Célia ouvre les yeux dans le noir. Le velours lui chatouille le nez lorsqu'elle essaie de tourner la tête pour détendre les muscles raides de sa nuque. Le rembourrage du couvercle lui écrase les bras, les plaquant contre sa poitrine. Il n'y a que quelques centimètres carrés d'air respirable.

Les secondes s'écoulent et le couvercle reste fermé. Le cœur de Célia commence à battre follement. Sa respiration devient saccadée. L'air est lourd.

Elle compte silencieusement les secondes pour contenir sa panique grandissante. Elle était certaine que Drainville ferait rouvrir le cercueil avant de filmer la scène suivante. Apparemment, il continue.

Combien de temps est-ce que ça va durer ? Elle se souvient du scénario :

Cercueil mis en terre, tandis que Martin reste près de la tombe en pleurant. Plan rapproché du couvercle du cercueil. Pelletées de terre atterrissant sur...

Boum ! Boum ! Boum ! Des mottes de terre frappent le couvercle. Ils l'enterrent. Ils l'enterrent vivante !

— Laissez-moi sortir ! hurle Célia. S'il vous plaît ! Sortez-moi d'ici !

Mais personne n'entend ses cris. De lourdes pelletées de terre continuent à tomber, la recouvrant de plus en plus.

Chapitre 7

Serge se tient loin derrière la caméra pendant le tournage de la scène morbide.

Sous son maquillage, Célia a l'apparence d'un cadavre. Ce qui est pénible à voir, parce qu'elle lui est si chère.

Bien qu'il sache que c'est du cinéma, ses yeux se brouillent lorsque le couvercle du cercueil se referme sur le visage ravagé de Célia.

Il a vraiment l'impression qu'il ne la reverra jamais vivante.

Serge s'attendait à ce que la scène s'arrête après qu'Hugues ait fait ses tendres adieux, mais celui-ci dialogue ensuite avec le prêtre. Le jeune acteur montre beaucoup d'émotion, et Drainville le laisse aller.

Deux fossoyeurs jettent des pelletées de terre sur le cercueil, tandis qu'Hugues et les autres acteurs s'éloignent dans la prairie, sous l'objectif des caméras.

«Célia doit être anxieuse en ce moment, se dit-il. Ça fait un bon cinq minutes qu'elle est enfermée dans le cercueil. »

— Je suppose que des trous d'aération ont été percés dans cette boîte, murmure-t-il à Jean Watier qui se tient près de lui.

Les yeux de Jean sont rivés sur le cercueil et il fronce les sourcils, tant il se concentre.

— Je ne me rappelle pas avoir vu quelqu'un percer des trous, dit-il lentement.

Serge a l'impression qu'un gigantesque poing s'abat sur lui. Il lui semble voir bouger le couvercle du cercueil.

Une motte glisse du couvercle. Puis, sous le bruit des cailloux et de la terre frappant le cercueil, un faible cri se fait entendre.

Serge lance un regard désespéré vers Drainville. Le réalisateur paraît complètement captivé par la performance de sa vedette. Il n'a pas entendu le cri !

Pour attirer son attention, Serge agite les bras au-dessus de sa tête. Drainville lui jette un regard irrité, puis se détourne ostensiblement.

Incapable d'attendre plus longtemps, Serge court vers la tombe, frappant un caméraman au passage.

— Sortez-la du cercueil ! hurle-t-il. Elle ne peut pas respirer !

Les acteurs se taisent. Tout le monde regarde Serge.

— Je t'ai dit de rester hors de mon chemin ! hurle Drainville.

Des veines se gonflent sur ses tempes.

— Sécurité! aboie Amanda dans son walkie-talkie.

— Vous ne comprenez pas! crie Serge en esquivant ceux qui essaient de l'attraper. Célia est depuis trop longtemps là-dedans! Sortez-la du cercueil!

Deux hommes en uniforme sortent de la foule.

— Arrêtez-le! leur ordonne Amanda.

Les gardes saisissent Serge par les bras. Il s'échappe facilement en exécutant quelques simples mouvements de lutte. Puis il saute dans la tombe et force le couvercle du cercueil à s'ouvrir.

Les gardes se remettent sur pied et s'élancent vers lui.

— Laissez-le, grogne Drainville. Il a gâché la scène de toute façon. Sortez la fille.

Serge rabat le couvercle. Aussitôt qu'il aperçoit le visage de Célia, il sait qu'il a bien agi. Les larmes et la sueur ont délavé son maquillage. Elle tend vers lui ses mains qui tremblent violemment. Il la soulève gentiment hors de la boîte.

— Je... Je... Oh! Serge!... pas respirer, bredouille-t-elle en aspirant avidement des bouffées d'air frais.

Il la porte sous un arbre.

Hugues se précipite vers eux, suivi de près de Drainville.

— Crétin! crache Hugues. Qu'est-ce qui te prend? Tu as saboté ma scène!

— La ferme! ordonne Drainville en le poussant de côté.

Il vient d'apercevoir le visage de Célia et comprend qu'il s'est passé quelque chose de grave.

— Qu'est-ce qui ne va pas? demande-t-il. Tout ce que tu avais à faire, c'était de te relaxer en attendant qu'Hugues ait fini son monologue.

Célia a la nausée. Elle s'accroche à Serge pour se redresser.

— Pas d'air... Il n'y avait pas d'air, dit-elle d'une voix faible.

Drainville se tourne brusquement.

— Gaétan! crie-t-il. Je t'ai demandé de t'assurer qu'il y avait des trous d'aération dans le cercueil!

— Je l'ai fait.

Le chef accessoiriste regarde Célia, manifestement terrifié à la pensée qu'on l'accuse d'avoir presque tué la covedette.

— Enfin, j'ai dit à Jacques de donner l'ouvrage à un de ses gars, précise-t-il.

Mais son assistant ne se souvient pas auquel de ses aides il a confié la responsabilité de percer les trous, et aucun d'eux ne se rappelle avoir été assigné à cette tâche.

Drainville pique une crise de colère.

— Je devrais vous renvoyer tous, idiots incompétents! hurle-t-il.

— Ça va, murmure Célia. Ce n'est la faute de personne. Ce n'est qu'un accident.

Drainville se penche vers elle d'un air paternel et lui demande :

— Tu es sûre que ça va, ma chérie ?

Un frisson la secoue. « Ma chérie », c'est ainsi que l'appelle le *fan* et ce sont les derniers mots entendus avant que le couvercle se referme.

— Je vais bien, dit-elle sèchement.

Elle n'a aucune preuve, encore une fois. Son tourmenteur est rusé.

— Je vais faire appeler un médecin, offre le réalisateur.

— Non, dit-elle en se relevant avec l'aide de Serge. Je voudrais seulement me reposer. Je peux retourner dans ma roulotte ?

— Bien sûr. Amanda !

Elle apparaît immédiatement à côté de lui.

— Qu'on prépare le décor pour la scène d'Hugues dans le château, lui dit Drainville. On peut tourner sans Célia jusqu'à ce qu'elle se sente capable de nous rejoindre.

Amanda jette un regard irrité à la jeune fille.

Lorsqu'elle arrive à sa roulotte, Célia se sent plus forte. Serge a insisté pour l'accompagner.

— Merci, lui dit-elle doucement. Tu m'as sauvé la vie.

Elle ouvre la porte et entre, mais Serge ne la suit pas. Il regarde deux agents s'approcher.

— C'est quoi le problème, les gars ? leur demande-t-il.

— Monsieur Drainville veut que tu partes, gronde l'un d'eux.

— Il m'a donné la permission de rester pour protéger Célia Émond.

— Eh bien, il a changé d'idée. Il nous a dit de te foutre dehors. Tout de suite.

L'air est chargé d'électricité.

— Serge, n'insiste pas, dit Célia en mettant sa main sur son épaule. Tout ira bien.

— Tu es sûre?

— Oui, ça ira. Je t'appellerai dès que je serai rentrée ce soir.

Il hoche lentement la tête et dit:

— Oui. Et si tu as un problème, préviens-moi. Je peux être ici en dix minutes.

Le cœur serré, Célia le regarde s'éloigner entre les deux agents. Elle reste seule avec des étrangers. Et l'un d'entre eux la tourmente sans qu'elle sache pourquoi.

Célia s'enferme dans sa roulotte et enlève le latex appliqué si méticuleusement par Gilbert. Puis elle s'étend sur le lit et s'endort immédiatement.

Dès son réveil, elle s'empresse de rejoindre l'équipe au château. Plus vite ce film sera fini, plus vite l'angoisse cessera.

En chemin, elle aperçoit Amanda qui porte l'énorme sac de courrier. D'habitude, c'est Jean qui s'en occupe. Mais il fait sans doute des courses pour Drainville.

L'assistante s'arrête à chaque roulotte pour y

déposer des lettres et des magazines. Amanda n'a certainement pas vu Célia car, après avoir frappé à la porte de sa roulotte et ne pas avoir obtenu de réponse, elle retire une enveloppe rose de la pile de courrier et l'ouvre.

Une explosion retentit. Le bruit de la détonation est assourdissant.

Amanda Perreault est projetée sur le sol, au milieu d'une pluie de lettres. Son visage n'est plus qu'un masque de chair nue. Ses mains sanglantes n'ont plus de doigts.

Chapitre 8

Poussant un hurlement d'horreur, Célia se précipite vers Amanda. Les gens arrivent de partout. Quelqu'un l'arrête avant qu'elle atteigne la jeune femme.

— N'y va pas, dit Jean, le visage livide. Tu ne peux rien pour elle.

— On ne peut pas la laisser comme ça! dit Célia en pleurant à chaudes larmes.

Bernadette surgit entre deux roulottes et jette un regard interrogateur à son frère. Puis, apercevant Amanda, elle s'écrie :

— Oh! mon Dieu!

Elle se dirige rapidement vers la roulotte la plus proche en disant:

— Je vais appeler une ambulance.

Un technicien recouvre d'une couverture le cadavre d'Amanda environné de morceaux de papier.

— C'était une lettre piégée, murmure Célia.

— C'est terrible! bredouille Jean, troublé. Viens, je vais te raccompagner à ta roulotte. Des ambulanciers seront bientôt là. Ils s'occuperont d'Amanda.

Célia n'a jamais vu mourir quelqu'un.

Un vide se creuse en elle. Elle baisse la tête. Un bout de papier rose aux bords déchiquetés attire son attention.

Impulsivement, elle le retourne. Quelques lettres sont lisibles sur le papier sali : *IA ÉMO*.

Alors, elle se rappelle que cette lettre lui était destinée.

Elle se précipite vers sa roulotte, la gorge pleine d'une bile amère. Le vent lui apporte une odeur douceâtre de chair brûlée. L'odeur de la mort.

Elle bondit en haut des marches et entre en trombe dans sa roulotte. Elle vomit longtemps puis, assise sur le plancher de la salle de bains, elle éclate en sanglots.

Les policiers qui arrivent un peu plus tard sont les deux mêmes qui l'ont interrogée… et qui ne l'ont pas crue lorsqu'elle leur a dit qu'on essayait de la tuer.

Par la fenêtre de sa roulotte, Célia les regarde interroger des agents de sécurité, Drainville et les curieux massés près du ruban en plastique jaune délimitant le lieu du crime.

Bientôt, les policiers viendront lui poser des questions et, puisqu'ils l'ont déjà soupçonnée d'avoir créé les autres incidents, ils pourraient l'accuser du meurtre d'Amanda.

Célia souhaiterait n'avoir jamais entendu parler de Théodore Drainville ni de *Sombres Souvenirs*.

Renée applique les freins juste à temps pour éviter de tamponner la voiture qui précède la sienne sur la route menant au château. Elle s'est finalement décidée à accepter l'invitation de Célia de visiter le plateau de tournage.

Il n'y a personne dans la guérite, elle continue donc à suivre la berline. Le véhicule se range à côté d'une voiture de police et il en sort un homme et une femme portant des trousses de médecin.

Renée stationne sa voiture et, poursuivant sa route à pied, arrive près des roulottes. Là, elle voit l'ambulance. Elle se raidit instantanément.

Elle n'a fait que quelques pas lorsqu'elle aperçoit la couverture recouvrant une forme immobile sur le sol. Un pied chaussé en dépasse. Renée sent ses joues se glacer.

La panique se répand dans ses veines tandis qu'elle hurle en pensée : « Non ! Pas Célia ! »

Elle ne sait pas laquelle est la roulotte de son amie. Elle court de l'une à l'autre, mais finit par s'arrêter, étourdie, au milieu de tous les véhicules.

— Tu cherches Célia ?

C'est Jean Watier, le frère de Bernadette.

— Qui est… Qui était-ce ? demande-t-elle en tournant la tête en direction de la forme étendue sous la couverture.

— L'assistante de Drainville.

— Qu'est-ce qui lui est arrivé?

— Je ne sais pas. Célia est persuadée que c'était une lettre piégée.

— Elle lui a explosé dans les mains?

— Oui, quelque chose a explosé.

— Où est Célia?

— Dans sa roulotte. Elle est bouleversée. Elle a tout vu. Sa roulotte se trouve derrière celle d'Hugues. Tu ne peux pas manquer celle de notre vedette masculine: elle est grosse comme un éléphant et porte une étoile.

Lorsque Renée frappe à la porte, Célia demande d'une petite voix tremblante:

— Qui est là?

— C'est moi, Renée!

La porte s'ouvre et elle entre. Célia a les yeux rouges et bouffis.

— Je l'ai vue, lui dit Renée.

— Ça aurait dû être moi.

— J'avais très peur que ce soit toi. Mais on ne peut pas savoir si ça t'était destiné.

— Je le sais, j'ai une preuve.

— Une preuve? Qu'est-ce que...

Un coup est frappé à la porte et, cette fois, les visiteurs n'attendent pas d'invitation pour entrer.

Ce sont les deux policiers: le lieutenant-détective Drolet et le sergent-détective Ménard.

— Rapport à votre plainte précédente, mademoiselle Émond, nous aimerions parler avec vous du nouvel incident, dit le lieutenant-détective.

— Incident? s'écrie Célia avec colère. C'est le nom que la police donne à un crime qui a défiguré Amanda?

— Nous prenons le cas au sérieux, réplique le sergent-détective en secouant la tête. Nous avons entendu ce que tu disais à ton amie. Désolés, les parois de la roulotte sont très minces.

— Alors, vous savez que je crois que la bombe m'était destinée.

— Tu parlais d'une preuve.

— Sur un morceau de lettre, cinq lettres étaient écrites: *I...A...É...M...O*.

— Les deux dernières lettres de ton prénom et les trois premières de ton nom de famille, dit le sergent-détective.

— Peut-être, intervient le lieutenant-détective.

— Comment pouvez-vous ne pas me croire? s'écrie Célia en s'approchant du lieutenant-détective. Je ne veux pas être la destinataire de cette lettre! Et il est certain, maintenant, que je n'ai pas imaginé ces «incidents»!

— Calme-toi, dit le sergent-détective en la forçant à s'asseoir sur le lit. Nous ne devons pas tirer des conclusions trop hâtives. Compris? Maintenant, réfléchis. Y a-t-il quelqu'un qui voudrait ta mort?

— Je ne sais pas, répond-elle tristement.

— Commençons par ton école. Est-ce qu'un élève te voudrait du mal?

— Je ne suis pas la fille la plus populaire de

l'école, mais je ne suis pas là assez souvent pour me faire des ennemis.

— À cause de ta carrière ?

Célia hoche la tête, puis jette un regard à Renée pour que son amie l'aide.

— La plupart des élèves admirent Célia, explique celle-ci. Elle est notre vedette. Personne ne la déteste. Quelques filles sont jalouses, mais ça prend un psychopathe pour...

— Nous allons commencer l'enquête par ton école, intervient le lieutenant-détective.

— En attendant, ton réalisateur a promis de faire resserrer la sécurité sur le plateau de tournage, dit le sergent-détective. Essaie de ne pas trop t'inquiéter. Nous attraperons ce détraqué.

Célia attend qu'ils soient sortis pour demander à Renée :

— Qu'est-ce que tu en penses ?

— On dirait qu'ils te croient enfin.

— Espérons qu'ils attraperont vite ce malade.

Après avoir présenté au directeur un permis de perquisitionner, le lieutenant-détective Drolet et le sergent-détective Ménard commencent l'inspection de l'école. Ils fouillent les salles de classe, les laboratoires, les casiers des vestiaires. Lorsque l'un de ces derniers est fermé par un cadenas, ils le forcent. C'est ainsi qu'ils découvrent dans le casier de Serge sa collection de photos de Célia.

Les deux policiers échangent un regard.

— Sapristi! Elle avait raison! Ce pervers la harcèle, dit le lieutenant-détective en donnant un coup de poing sur le casier.

Les deux policiers ont la même pensée : Amanda Perreault serait encore vivante s'ils avaient pris les craintes de Célia au sérieux.

— Trouvons cet abruti avant qu'il tue de nouveau.

Le sergent-détective prend une des chaussures posées sur le plancher du casier. Il lit tout haut le nom inscrit à l'intérieur :

— S. Gauvin.

— Allons-y! dit le lieutenant-détective.

Chapitre 9

Serge monte dans sa voiture, démarre et sort en trombe du terrain de stationnement. Dans le rétroviseur, il voit les agents de sécurité envoyés par Drainville surveiller son départ.

— Super! Ah oui! Super! gronde-t-il en frappant le volant.

Il voudrait être avec Célia. Elle a besoin de lui, mais il ne peut que lui causer des ennuis s'il essaie de retourner sur le plateau de tournage.

La confrontation avec les agents de sécurité l'a laissé tendu, frustré. Il connaît la meilleure façon de se débarrasser de la tension qui lui noue les muscles, et c'est de s'entraîner.

Il se rend à l'école. Il court d'abord pour se réchauffer, puis il va dans la petite salle réservée aux haltérophiles.

Alors qu'il change les poids sur une barre d'exercice, il entend des voix dans le vestiaire. Curieux, il entrouvre la porte.

Deux policiers sont en train de briser les

cadenas des casiers. Ils cherchent sans doute de la drogue, et Serge se demande quel élève serait assez stupide pour en cacher à cet endroit. Puis il comprend que les policiers vont ouvrir tous les casiers.

La peur le saisit à la gorge de ses doigts glacés. Ils vont trouver les photos de Célia! Si ces policiers enquêtent sur les menaces du *fan*, Serge devine ce qu'ils penseront en voyant sa collection de photos de Célia.

Il n'attend pas qu'ils atteignent son casier. Il se glisse hors de l'école par une sortie secondaire.

Alors qu'il traverse le terrain de stationnement, une voiture se dirige vers lui. Au volant, il reconnaît Blain, un lutteur de son équipe. Celui-ci vient se ranger près de Serge et lui demande:

— Hé! Bulldozer! Tu as entendu la nouvelle?

— Quelle nouvelle?

— Une fille a été tuée sur le plateau de tournage de Drainville.

— Tuée?

La voix qui répète ainsi lui paraît distante et pourtant, il sait que c'est la sienne.

— Qui? Blain, quelle fille a été tuée?

— Je ne le sais pas. C'est plein de policiers là-bas. Ils ne laissent approcher personne.

Serge cligne plusieurs fois des yeux. Il prie que ce ne soit pas Célia.

— Eh bien! La police est ici aussi! dit Blain.

Revenant à la réalité, Serge se rue vers sa

voiture et bondit à l'intérieur. Quelques secondes plus tard, il quitte le terrain de stationnement. Il conduit sans but sous la pluie en respectant les limitations de vitesse. Il ne peut pas se permettre d'attirer l'attention. S'il est arrivé quelque chose à Célia, que va-t-il faire? Il n'a qu'une seule certitude: il est dans un pétrin pire qu'il le pensait.

Assise à côté de son père sur le divan du salon, Célia regarde les motifs du tapis sous ses pieds. Les spirales rouges lui font penser au sang qui a giclé du visage déchiqueté d'Amanda.

«Comment peut-on faire ça à un autre être humain?» se demande-t-elle. Et aussi: «Comment est-ce que j'ai pu me tromper autant sur Serge?»

Ça lui a pris un moment pour vraiment comprendre ce que lui racontaient les policiers, et chaque mot était comme une goutte d'acide tombant sur son cœur. Le plus terrifiant dans toute cette folie, c'est qu'elle aime beaucoup Serge. Parce qu'elle a toujours cru savoir juger les gens, elle était sûre de ses sentiments lorsqu'elle a choisi sa photo dans l'album-souvenir.

Et plus elle a appris à le connaître, plus elle s'est sentie bien avec lui. C'est un sportif, mais intelligent et gentil. Et il l'a rassurée.

Rassurée! Quelle farce! Il est le dernier en qui elle devrait avoir confiance.

— Vous êtes certains que c'est son casier? demande-t-elle d'une petite voix faible.

104

— Sans aucun doute, répond le lieutenant-détective Drolet. Le directeur a appelé son entraîneur, qui a confirmé que Gauvin laisse régulièrement des effets personnels dans son casier, bien que ce soit contraire aux règlements de l'école.

— On n'interdit pas à un champion d'y laisser sa serviette et ses chaussures, je suppose, dit le sergent-détective Ménard.

— Mais il est tellement gentil... proteste Célia.

— Certains des pires criminels de l'histoire ont dupé leurs victimes et leur entourage pendant des années. Ne te reproche pas de t'être trompée sur son compte.

— Les types comme lui s'attaquent aux personnalités publiques, aux acteurs par exemple, explique le lieutenant-détective. Ce sont des obsédés. Lorsqu'ils n'obtiennent pas d'attention d'une autre façon, ils essaient de contrôler leurs victimes par la violence.

— Ils se disent : « Si je ne peux pas l'avoir, personne ne l'aura », ajoute le sergent-détective.

— Je ne crois pas que Serge...

— Nous avons interrogé des élèves, dit le sergent-détective. Certains nous ont appris que tu avais refusé de sortir avec Serge.

— Je travaillais ! s'offusque Célia.

— Une jeune femme ne devrait pas être obligée d'accepter de sortir avec un pervers afin de se protéger contre lui, intervient son père.

— Ce n'est pas un pervers, papa !

— Si jamais Serge essaie de te contacter, tu nous préviens immédiatement, dit son père d'un ton inquiet. Ne songe pas un instant à le rencontrer seule.

— Ton père a raison, dit le sergent-détective. Ce garçon est dangereux. Ne sors pas seule tant que nous ne l'aurons pas arrêté.

— Je vais t'assigner un garde du corps, dit le lieutenant-détective. Préviens-le tout de suite si tu vois Serge ou si celui-ci te contacte. Et n'ouvre pas de courrier. Laisse le policier de service faire ça à ta place.

Jean Watier écoute la fin de la conversation de sa sœur avec son amie Marjorie. Il n'a pas l'habitude d'espionner ainsi mais, cette fois, c'est une question de vie ou de mort.

— Non, je n'ai pas vu Amanda de près! s'exclame Bernadette. Qui voudrait voir ça?... Célia Émond? Moi, je pense que les policiers la croient coupable... ou alors, que c'était elle la destinataire de la lettre plutôt que cette chipie d'Amanda.

Jean regarde discrètement par l'entrebâillement de la porte : sa sœur est étendue sur son lit et souffle sur ses ongles vernis de rouge, qui lui semblent des griffes dégoulinantes de sang.

Cette pensée le rend mal à l'aise. Il recule, et son mouvement fait craquer le plancher.

— Hé! Toi! s'écrie Bernadette. Qu'est-ce que tu veux?

— Rien. Je ne fais que passer.

Un peu plus loin dans le couloir, il s'arrête pour écouter la suite.

— Si Célia a fait sauter Amanda, les policiers vont l'arrêter ; et si elle se fait tuer par un psychopathe… *Wow !* Son rôle devient disponible !

Bernadette ricane en disant ces derniers mots. Jean ne sait pas si elle blague. Ces jours-ci, le comportement de sa sœur l'inquiète.

« Tu aimerais voir Célia mourir, n'est-ce pas, chère sœur ? » se dit Jean avec amertume. Et leur mère serait aux oiseaux.

Bien qu'elle soit épuisée, Célia se tourne dans son lit sans réussir à s'endormir. Elle récite mentalement les répliques pour les scènes du lendemain.

En effet, à la surprise générale, Drainville a refusé d'interrompre le tournage. Il a annoncé qu'une minute de silence serait observée à la mémoire d'Amanda… à l'heure du dîner.

— La seule façon d'agir avec un fou, c'est de l'ignorer, a-t-il expliqué aux journalistes. Amanda n'aurait pas voulu que nous abandonnions le tournage. Elle était une vraie professionnelle.

Une branche gratte la fenêtre de sa chambre et Célia se couvre les oreilles pour ne plus l'entendre. Mais une pensée soudaine lui fait ouvrir les yeux : « Aucune branche n'est assez longue pour toucher ma fenêtre. »

Elle tourne la tête et aperçoit un visage derrière la vitre.

Elle appelle son père en hurlant, mais celui-ci travaille au sous-sol et n'entend pas son cri, pas plus que le policier assis dans sa voiture stationnée à l'avant de la maison.

«Enfuis-toi!» hurle une voix dans son cerveau. Mais, comme dans un cauchemar, elle ne parvient pas à bouger.

Le visage disparaît.

Alors, quelque chose d'étrange se passe. À mesure que les secondes s'écoulent et que personne n'entre par sa fenêtre pour la saisir par la gorge, la curiosité la gagne.

Elle s'approche de la fenêtre.

Environné de jeunes feuilles, Serge est assis à la fourche de l'érable qui pousse dans la cour. Les genoux pressés contre sa poitrine, le front appuyé dessus, il a une posture de défaite.

— Serge! chuchote-t-elle.

Il ne bronche pas.

Elle sait que ce qu'elle devrait faire, c'est descendre prévenir son père. Mais si Serge n'est pas le meurtrier, elle dénoncera un innocent. Il a l'air tellement triste.

— Serge! dit-elle plus fort.

Il relève la tête et une expression de soulagement détend son visage.

— Je veux te parler, dit-il en rampant sur la branche pour se rapprocher de Célia.

— On va parler, mais reste où tu es. Les policiers pensent que c'est toi qui m'as envoyé la lettre piégée.

— Ainsi Blain avait raison, quelqu'un est bien mort aujourd'hui.

— Oui, Amanda, l'assistante de Drainville. Elle a ouvert la lettre piégée. Alors?

— Qu'est-ce que tu veux que je te dise?

— Que ce n'est pas toi qui l'as envoyée, bien sûr!

— Ce n'est pas moi, Célia, je ne te ferais jamais de mal! Tu dois me croire!

— Je voudrais te croire, dit-elle doucement. Mais les policiers disent que tu… tu es obsédé. Ils ont trouvé plein de photos de moi dans ton casier.

— C'était une collection privée, une sorte d'album-souvenir.

— Pourquoi as-tu collectionné mes photos?

Il ne répond pas pendant un long moment. La pluie recommence à tomber et un vent froid secoue les branches.

— Parce que je t'aime, murmure-t-il finalement.

— …Tu ne me connais même pas.

— Je connais ton talent. J'ai assisté à chaque pièce dans laquelle tu as joué. Et je sais que tu es belle, c'est assez évident. Et j'ai découvert que tu n'es pas vaniteuse, malgré ce que certains élèves disent.

Soudain, il a un air penaud en se rendant compte

que ces derniers mots pourraient la blesser. Mais elle a accepté depuis longtemps la jalousie qu'elle provoque chez certaines filles.

— Je sais que tu m'aimes bien, sinon tu ne prendrais pas le risque de me parler comme ça, dit-il encore.

Il a raison: elle l'aime… beaucoup. Mais ça ne veut pas dire qu'elle fera quelque chose d'aussi stupide que lui proposer d'entrer dans sa chambre, même s'il pleut et qu'il fait froid.

— Je ne veux pas envoyer quelqu'un en prison sans avoir de preuve de sa culpabilité, dit-elle.

— Merci de ne pas me trahir, dit-il d'une voix triste.

Il est déçu qu'elle n'ait pas avoué qu'elle l'aime.

— Qu'est-ce que tu vas faire maintenant? lui demande-t-elle.

— Je vais rester caché pendant quelque temps. Je dois prouver mon innocence. Et pour ça, il faut que je découvre le coupable.

Il se tourne pour descendre de l'arbre.

— Serge!

— Ouais?

— Sois prudent!

Chapitre 10

Gilbert presse un sac en plastique contenant du faux sang contre la poitrine de Célia sous le décolleté de son maillot de bain, puis il le fait tenir en place avec du ruban adhésif spécial.

— Est-ce qu'Hector doit me frapper fort pour me faire saigner? demande-t-elle timidement.

— Mais non, coco. Le couteau a une lame rétractable. C'est le bord dentelé qui percera le sac. Mais les spectateurs auront l'impression qu'il plonge le poignard dans ton cœur.

Rassurée, elle laisse errer ses pensées. Pendant la nuit, elle a changé d'idée vingt fois au sujet de Serge. Elle a finalement décidé de lui laisser quelques jours de répit pour qu'il puisse prouver son innocence. Il l'a sauvée du cercueil, après tout!

Lorsque Gilbert a fini, Célia va rejoindre l'équipe de tournage au château. Le policier assigné à sa surveillance la suit à distance. Vêtu d'un t-shirt et de jeans, il se fait passer pour un technicien.

— Salut!

— Jean ! Comment ça va ?

— Toujours occupé. Regarde ! dit-il en lui montrant un pot plein de gelée verte. C'est moi qui vais tartiner les murs pour ta grande scène avec les « bibites ».

— Je ne veux même pas y penser, dit-elle en plissant le nez de dégoût.

— Je me souviens que tu as toujours eu peur des araignées… Un tas de rumeurs circulent sur le plateau.

— À propos de quoi ?

— On dit que la lettre piégée t'était destinée.

— La police le croit.

Jean ouvre la bouche pour ajouter quelque chose, mais se tait.

— Qu'est-ce qu'il y a ?

Elle suit son regard vers le balcon qui les surplombe. Un morceau de mortier s'en détache et atterrit sur les dalles du patio. L'espace directement sous le balcon a été délimité par une corde en interdisant l'accès afin d'assurer la sécurité de tous. La vieille demeure tombe en ruine.

— Tu sais que je t'aime vraiment beaucoup, hein, Célia ?

— Je sais, réplique-t-elle en lui souriant affectueusement. Je t'aime bien, moi aussi.

— Après tout, on est sortis longtemps ensemble.

« Pas vraiment longtemps ; seulement deux mois », se dit Célia. Mais pour lui, cela a peut-être paru long.

— Et je me sens encore responsable de toi, ajoute-t-il.

— C'est gentil. Mais les policiers me protègent, dit-elle pour le rassurer.

— Ils ne te connaissent pas, ni les gens qui t'entourent, autant que moi. Ils ne peuvent pas te protéger vingt-quatre heures sur vingt-quatre.

— Un policier surveille la maison durant toute la nuit.

— Et tu as un garde du corps pendant le jour, dit-il en montrant le policier en civil qui les suit discrètement. Pourtant, si une personne veut vraiment t'éliminer, elle trouvera un moyen de t'atteindre.

— Arrête. Tu me fais peur.

— Excuse-moi. C'est juste que je m'inquiète…

Il jette un regard furtif autour d'eux. Ce qu'il essaie de lui dire devient clair soudain. Elle en perd le souffle.

— Jean ! Tu sais quelque chose ! dit-elle en haletant. La personne qui me fait ça est ici sur le plateau !

— Je n'ai pas dit ça, réplique-t-il vivement. Je suis inquiet pour toi, c'est tout. Tu devrais abandonner le tournage. Alors cette… personne te laissera tranquille.

— Qui est-ce ? Jean, tu dois me le dire !

— Je… ne peux pas. Je ne le sais pas. Laisse tomber le film avant qu'il soit trop tard.

Il s'éloigne à grandes enjambées et entre dans le château.

Le policier s'approche de Célia et lui demande :

— Tout va bien, mademoiselle Émond ? C'était un de vos amis ?

— Oui, répond-elle faiblement.

Elle ressent une forte angoisse à la pensée que Jean connaît l'identité du meurtrier d'Amanda. S'il refuse de la lui révéler, ça ne peut être que pour protéger le meurtrier. Et il n'y a que deux personnes au monde auxquelles Jean tient autant : sa mère et sa sœur.

À l'intérieur du château, des fils électriques, des réflecteurs et un réfrigérateur ajoutent une touche moderne au décor. Célia regarde avec dégoût deux hommes lâcher des araignées et des insectes de toutes sortes dans le faux tunnel construit pour l'occasion.

— Es-tu prête ? lui demande Drainville.

— Je suppose. Faisons ça vite !

— Non, faisons-le bien. Donc, dans cette scène, ton mari a disparu. Tu le cherches. Tous les deux, vous savez déjà que cet endroit est hanté. Hector Grisard te surveille.

— Je cherche Hugues et quand j'aperçois ce tunnel fourmillant d'insectes, je plonge dedans, dit-elle d'un ton sarcastique.

— Oublie la logique, ma chère, réplique-t-il, le regard sévère. Dans les films, les adolescentes ne sont pas favorisées côté intelligence.

— Oh ! s'écrie-t-elle, offensée.

Mais il lui tourne le dos pour rejoindre le caméraman.

Les premières prises se font rapidement et, heureusement, Célia n'a pas à toucher les bestioles. Elle se contente de grimacer en simulant la terreur. Mais ensuite, ça devient moins facile.

On lui met dans les cheveux et à des endroits stratégiques du corps plusieurs grosses araignées velues, des mille-pattes et des insectes de la taille d'un bouchon.

— Je déteste ça, murmure-t-elle.

— Pense à mes pauvres petites bêtes qui se retrouvent sur une créature aussi gigantesque que toi, lui dit en souriant le propriétaire des bestioles. Ne fais pas de mouvements brusques. Si un de ces petits chéris tombe par terre, tu l'écraseras en rampant dans le tunnel. Les plus gros coûtent cher ; j'ai dû les faire venir d'Amérique du Sud.

— Je ferai attention.

Après la cinquième prise, Drainville est enfin satisfait.

Chapitre 11

Tout va mal pendant l'après-midi.

L'une des caméras doit être remplacée. Puis il y a une panne de courant générale et des génératrices de secours doivent être installées. Le retard est tel que Drainville décide que plusieurs scènes seront tournées les jours suivants. Il est 20 h 30 et il pleut à verse lorsque le réalisateur déclare enfin que la journée est terminée.

Épuisée et affamée, Célia retourne à sa roulotte. Le policier qui remplace celui qui l'a suivie toute la journée attend dehors qu'elle prenne sa douche et se change.

Sous la douche, le faux sang coule dans la bonde en spirales écarlates. Célia pense à la scène de la douche de *Psycho* d'Hitchcock et frissonne.

Elle tend la main vers la serviette de bain qu'elle a posée sur le siège des toilettes.

La serviette n'est pas là !

Célia retire vivement sa main et la plaque sur sa bouche pour étouffer un cri.

La serviette mouillée apparaît entre le rideau de douche et le mur. Célia la prend en poussant un gémissement et s'enveloppe dedans.

— N'aie pas peur, chuchote une voix familière. C'est moi, Serge. Excuse-moi, j'avais besoin de ta serviette.

Célia prie silencieusement qu'il ne lui fasse pas de mal.

— Je vais attendre dans l'autre pièce. N'appelle pas le policier, supplie Serge. Il faut que je te parle.

Dès qu'elle l'entend refermer la porte de la salle de bains, Célia se précipite pour verrouiller celle-ci. Que doit-elle faire? Si elle appelle son garde du corps, il entrera, revolver au poing. Et s'il tire sur Serge?

Elle ne le croit toujours pas coupable.

Elle s'habille. Lorsqu'elle entre dans l'autre pièce, Serge est assis sur le lit. Voyant qu'elle ne fait pas mine de sortir, il lui jette un regard reconnaissant.

— Merci de ne pas me dénoncer encore cette fois, dit-il tout bas. Je devais te montrer ceci.

Il lui tend trois bouts de fils, un vert, un rouge et un noir, en disant:

— Je les ai trouvés dans une des poubelles du terrain de stationnement. Selon moi, ça veut dire que celui qui a fabriqué la lettre piégée est ici, sur le plateau de tournage. Ton *fan* est quelqu'un de bien organisé et que tu connais.

— Est-ce que ça va, mademoiselle Émond ? demande le policier à travers la porte.

— Oui ! répond Célia. Il ne me reste qu'à me sécher les cheveux.

Elle allume le séchoir à cheveux pour que le bruit couvre leur conversation.

— Avant la mort d'Amanda, dit-elle, je me demandais si Drainville ou Hugues ne cherchaient pas à obtenir de la publicité gratuite pour le film. *Sombres Souvenirs* a un budget étroit. Ils ont intérêt à ce que ce soit un grand succès commercial.

— Mais le coupable n'est pas nécessairement l'un de ces deux-là.

— À part Hugues, je ne vois pas qui pourrait m'en vouloir. Ici, personne ne me connaît.

— Sauf Jean. Et les figurantes : Bernadette et Jennifer. Penses-tu que l'une d'entre elles, ou une ancienne covedette d'Hugues peut-être, pourrait tellement vouloir ce rôle qu'elle serait prête à te tuer pour ça ?

— Bernadette et sa mère fêteraient probablement ma mort, murmure-t-elle tristement. Mais je ne les crois pas capables de la provoquer.

— Mademoiselle Émond, je dois vous ramener chez vous, dit le policier en frappant de nouveau à la porte. Tout le monde est parti. Vos parents vont s'inquiéter.

— J'arrive ! dit Célia, puis elle chuchote à Serge : ces fils ne sont pas une preuve suffisante. Les policiers diront que tu les as mis là toi-même.

— Je n'ai rien d'autre. Célia, tu es la seule sur qui je peux compter et je n'ai nulle part où aller. Laisse-moi passer la nuit dans ta roulotte. Si le meurtrier vient ici, je l'attraperai. Je te promets de m'en aller au matin.

Elle hésite. Il se penche et l'embrasse légèrement sur la bouche.

— Je ne te ferai jamais de mal, murmure-t-il.

— O.K. Tu peux rester. Il y a un sandwich et du lait au frigo. Mais il faut qu'on découvre vite le coupable. Ce n'est qu'une question de temps avant que la police te trouve.

Célia stationne sa voiture dans l'allée à côté de sa maison, puis reste assise derrière le volant. Elle attend le policier qui l'a suivie.

Il s'approche maintenant et l'aide à descendre de voiture.

— On dirait que ça ne va pas, dit-il. Vous n'avez rien à me dire?

— Non, mais je pensais que si vous passiez la nuit dans la maison, je me sentirais plus en sécurité.

— Bien sûr. Ce sera plus confortable sur le divan de votre salon que dans ma voiture. Je vais avertir le chef.

Le guetteur accroupi derrière la haie voit le policier retourner à sa voiture. Il a envie de suivre la fille immédiatement, mais il ne doit pas y avoir de témoin, surtout si celui-ci porte un revolver.

À son grand désappointement, le policier revient vers la maison et y entre, après avoir communiqué brièvement par radio.

Le guetteur jure furieusement. Il va devoir attendre une autre nuit. Alors, il éliminera le garde du corps de Célia, puis il la tuera.

Chapitre 12

Célia se réveille avec un terrible mal de tête. Pendant son sommeil, elle a eu l'impression de sentir encore les petites pattes d'araignée courir sur elle.

Elle entend des voix venant du rez-de-chaussée : le policier de service essaie de dissuader Renée de monter la voir. Célia crie du haut de l'escalier :

— C'est mon amie ! Laissez-la passer !

Renée la rejoint dans sa chambre.

— À l'école, tout le monde parle de Serge Gauvin, dit-elle. C'est tellement bizarre qu'il essaie de te tuer.

— Est-ce qu'ils l'ont capturé ?

— Non. Ce pervers te terrifie ?

— Ce n'est pas Serge qui a tué Amanda… Je l'ai vu hier soir… et la veille.

— Oh !

— Il a juré qu'il n'avait rien à voir avec ce meurtre ni avec les menaces que j'ai reçues. Il m'aime beaucoup et c'est pour ça qu'il a une collection de photos de moi. S'il avait voulu me tuer, il aurait pu le faire facilement une dizaine de fois.

— J'ai lu un livre sur les tueurs en série. Il attend peut-être un signe spécial ou un message de Dieu, quelque chose du genre.

— Non, je n'y crois pas. Ce n'est pas Serge, mais c'est quelqu'un qui me connaît vraiment bien.

Toute la journée, Célia a l'impression d'être surveillée. « Bien sûr que tu es surveillée ! », se dit-elle. Étant la covedette, elle attire l'attention. Et parce que tous savent qu'elle est la cible d'un meurtrier, la curiosité à son égard a triplé.

Tandis qu'Hugues dit ses répliques, elle jette un regard furtif vers l'homme qui se tient derrière Drainville. C'est le sergent-détective Ménard. Elle l'aime bien parce qu'il semble sincèrement préoccupé de son sort.

« Si ça dure une minute de plus, je vais hurler ! » se dit-elle.

Elle hurle.

— Coupez ! C'était une bonne prise, Célia. Ta terreur était très crédible !

Drainville vient poser un bras amical sur ses épaules. Il est plus aimable avec elle. Peut-être que la perte d'Amanda lui fait comprendre à quel point les êtres sont précieux.

— Les épreuves de tournage sont superbes, lui dit-il en parlant des scènes tournées qu'il visionne à la fin de chaque journée. Tu seras magnifique sur le grand écran, ma chérie. Tu verras.

— Je verrai si je survis.

Elle s'apitoie rarement sur son sort mais, cette fois, elle peut se payer ce luxe.

— Retourne te reposer dans ta roulotte, dit Drainville. On tourne des plans de décors tout l'après-midi de toute façon.

— Quand est-ce que vous aurez besoin de moi ?

Célia est consciente que plusieurs personnes se tiennent près d'eux, pressées d'attirer l'attention de Drainville. Parmi celles-ci, il y a Bernadette et sa mère.

— Je n'en suis pas sûr, répond Drainville en prenant une copie du plan de tournage des mains du jeune homme qui remplace Amanda. J'enverrai quelqu'un te réveiller. Je pourrais essayer de tourner des scènes de nuit après le souper. Sinon, je te verrai demain matin.

— O.K.

Célia s'écarte de Drainville et Ménard la suit. Du coin de l'œil, elle voit Marceline Watier se précipiter sur le réalisateur.

— Monsieur Rainville, dit celle-ci en lui saisissant le bras, je dois vous dire un mot.

Le réalisateur regarde avec dédain l'énorme femme qui ressemble à une tente fluorescente dans sa robe orange.

— C'est Drainville, madame, dit-il en libérant son bras. Je suis très occupé. Adressez-vous à mon assistant si vous avez un problème.

Célia dissimule un sourire amusé. Elle connaît assez bien Marceline Watier pour deviner qu'ayant coincé Drainville, celle-ci ne le laissera pas se défiler avant de lui avoir parlé.

— Attendez ! dit madame Watier. J'ai parlé avec votre équipe au sujet des *rushes*...

— Maman, ça s'appelle des épreuves de tournage. Laisse monsieur Drainville tranquille ! intervient Bernadette qui semble vouloir se trouver à des lieux de là.

Marceline repousse sa fille et plante son énorme corps devant le réalisateur pour lui bloquer le passage.

— Tout le monde dit que Bernadette est superbe dans toutes ses scènes. Elle devrait avoir un rôle plus important, ne trouvez-vous pas ? Elle a tellement de talent et...

— Maman ! gémit Bernadette, mortifiée.

Marceline fait un geste de sa main grasse, manquant de peu la joue de sa fille, à qui elle dit :

— Tais-toi ! Tu ne vois pas que j'essaie de faire de toi une star ?

Puis elle se tourne de nouveau vers Drainville et lui fait un sourire coquin, comme s'il n'avait pas entendu ce qu'elle vient de dire.

— Monsieur Rainville, vous savez reconnaître un vrai talent. Tout ce qu'il manque à ma petite Bernadette, c'est d'avoir sa chance.

— Elle n'en aura plus aucune, madame, si vous ne quittez pas mon plateau immédiatement, gronde

Drainville. Sécurité! Où sont ces idiots quand on a besoin d'eux?

«Cette fois, madame Watier est allée trop loin», se dit Célia. Bernadette est au bord des larmes et elle risque de perdre son modeste rôle si sa mère persiste.

Célia revient sur ses pas et aborde la femme en disant calmement:

— Monsieur Drainville a un plan de tournage très serré. Peut-être qu'il aura le temps plus tard de penser à un autre rôle pour Bernadette. Si vous partez...

— Je ne partirai pas avant qu'il ait admis que ma Bernadette est aussi bonne qu'un petit manne-quin de catalogue! Et même meilleure!

Ses yeux à demi fermés ne formant plus qu'une mince fente, elle demande à Drainville:

— Les Émond vous ont payé combien pour que vous donniez le premier rôle à leur fille?

Drainville arrache un walkie-talkie des mains d'un électricien et aboie:

— Sécurité! Aux jardins! Pronto!

Le sergent-détective s'approche de Célia et lui glisse à l'oreille:

— Si nous ne savions pas déjà qui te harcèle, je dirais que nous avons ici une suspecte.

— Elle n'est qu'un mauvais exemple d'une mère ambitieuse, fait remarquer Célia.

Bernadette entend son commentaire et réplique sèchement:

— Laisse ma mère en dehors de ça! Tu ne nous

comprendras jamais parce que tu es gâtée, Célia ! Tu obtiens toujours tout ce que tu veux !

Célia est abasourdie : elle essayait d'aider Bernadette.

— Tout ! continue celle-ci en retenant ses larmes. On te paie des centaines de dollars pour porter de beaux vêtements. Tu voyages dans le monde entier ! Tu as même laissé tomber mon frère quand tu es devenue trop célèbre pour sortir avec un gars d'ici. Et maintenant ce film !

Elle lance un regard de haine à Célia qui bredouille :

— Je suis désolée.

Bernadette se cache le visage dans les mains et éclate en sanglots.

— Viens, dit Ménard en emmenant Célia. Laissons-la se calmer. Ton patron t'a permis de retourner à ta roulotte. Appelle tes parents pour les prévenir que tu rentreras probablement tard. Éloigne-toi de ces cinglés.

Célia se laisse emmener. Avant de passer de l'autre côté de la haie, elle voit Jean arriver en courant, saisir sa mère par le bras et l'entraîner hors des jardins.

Ménard entre le premier dans la roulotte pour vérifier qu'il n'y a pas de danger. Célia regarde les jardins au loin. Ce qui l'a le plus blessée, c'est que Bernadette ait dit qu'elle avait laissé tomber Jean. Leur relation n'a pas été très sérieuse et, après, ils sont restés amis.

Lorsque le policier l'invite à entrer, elle lui demande :

— Vous pensez vraiment que madame Watier pourrait être suspecte ?

— Oui, et sa fille également. Si ça peut te rassurer, je viens justement d'appeler le lieutenant-détective à leur sujet. Dès qu'il aura obtenu un permis de perquisition, il enverra des hommes fouiller leur maison. On est certains à quatre-vingt-dix pour cent que le coupable est Serge Gauvin. Mais une mère ambitieuse pourrait essayer de t'écarter du chemin qui mènerait sa fille à la gloire.

— Selon moi, Bernadette est plus dangereuse que Serge.

— Tu aimes vraiment ce garçon, hein ?

— Je crois.

— Écoute, n'essaie pas de trouver un autre suspect uniquement pour détourner notre attention d'un gars qui te plaît. Il y a plein de bons garçons qui ont la tête sur les épaules et qui cesseraient une grosse minute de respirer à la simple idée de sortir avec une vedette comme toi.

Célia hoche la tête en retenant ses larmes. « Serge ne cesserait pas de respirer pour moi, parce qu'alors il ne pourrait pas lutter », se dit-elle.

C'est probablement la raison pour laquelle elle le préfère aux autres garçons : parce qu'il y a dans sa vie quelque chose d'aussi important que sa carrière l'est dans la sienne. Parce que, malgré la collection de photos, il ne la traite pas comme un trophée, mais comme une égale. Et ça fait une grosse différence pour elle.

— Drainville a raison, dit Ménard en lui tendant un mouchoir de papier, comme s'il devinait qu'elle ne peut pas retenir ses larmes plus long-temps. Dors un peu, tu te sentiras mieux après. Qui sait, quand tu te réveilleras, on aura peut-être capturé Gauvin.

Chapitre 13

Étonnamment, lorsqu'elle se réveille, Célia se sent vraiment mieux. Elle a l'impression d'avoir dormi longtemps et sa migraine a disparu. Elle se roule sur le côté pour regarder le réveil posé près du lit.

— Déjà 23 h !

Entre les lames des stores cachant les fenêtres, elle ne voit que du noir.

— Sergent-détective Ménard ! appelle-t-elle.

Pas de réponse.

«Bien sûr, à cette heure-ci, il a été remplacé par un autre policier», se dit-elle. Mais le remplaçant devrait avoir répondu à son appel.

Elle décroche le téléphone : il n'y a pas de tonalité.

Elle s'habille en vitesse et, entrouvrant la porte avec précaution, elle appelle plus fort :

— Sergent-détective !

Peut-être que le policier est allé aux toilettes, n'osant pas utiliser celles de la roulotte.

Célia descend lentement les marches. Il y a un agent de sécurité de service toute la nuit sur le lieu de tournage mais, faisant sa ronde, il est peut-être à l'autre bout du domaine.

Elle court frapper à la roulotte voisine, celle d'Hugues. Il n'y a personne et elle est fermée, ainsi que toutes les autres où Célia va frapper.

Elle doit trouver quelqu'un. Elle ne sera en sécurité que si elle n'est pas seule. Elle aperçoit des lumières au rez-de-chaussée et dans la tourelle du château. Peut-être qu'ils filment encore. Drainville avait parlé de poursuivre le tournage durant la soirée.

Célia entre dans les jardins qui séparent les roulottes du château. Elle n'a pas fait vingt pas qu'elle entend un bruit de pas faire écho au sien.

Elle se met à courir. Le chemin mène à un labyrinthe de haies. Elle n'a pas le choix, elle y entre et passe d'une allée à l'autre. Bien vite, son corps lui rappelle qu'il n'a pas l'habitude de courir : elle a un point de côté, le souffle court et les jambes aussi lourdes que des sacs de ciment.

Devant, les lumières du château lui donnent de l'espoir. Si Drainville est là avec son équipe, ils la protégeront jusqu'à l'arrivée de son garde du corps.

À moins que…

À moins que Drainville ait lui-même inventé ce scénario d'horreur bien réelle afin d'obtenir de la publicité gratuite pour son film. Alors c'est lui qui la poursuit en ce moment pour la tuer.

Il l'a encouragée à se coucher dans sa roulotte et il n'avait aucunement l'intention d'envoyer quelqu'un la réveiller. Il a renvoyé son équipe. Ils sont seuls.

Elle atteint le château, sans savoir que faire ensuite. Puis elle se souvient que Jean lui a parlé de tunnels creusés sous l'édifice et de dizaines de chambres ouvertes à chaque étage. Si elle peut s'y cacher jusqu'à l'arrivée des techniciens, demain matin...

«Si je survis pendant la nuit, je serai sauvée», se dit-elle.

Elle donne un bon coup d'épaule à la lourde porte de chêne en souhaitant que celle-ci ne soit pas fermée à clé. La porte s'ouvre avec un grondement sourd, annonçant son arrivée. Célia bondit à l'intérieur, puis elle se retourne pour verrouiller la porte. Il n'y a qu'une énorme serrure, et elle n'a pas la clé.

Elle traverse le grand hall sur la pointe des pieds en direction de l'escalier. Une porte sous celui-ci mène au sombre réduit dans lequel l'homme aux insectes gardait ses petits protégés.

«Non, il ne faut pas que je descende», décide-t-elle.

Célia commence à monter les marches menant au premier étage.

Alors qu'elle atteint le palier, en bas, la lourde porte d'entrée s'ouvre et se referme en grondant. Adossée au mur de pierre, elle écoute attentivement. Une allumette grésille, puis la lueur tremblotante d'une bougie se met à monter dans l'escalier.

Un gémissement de terreur s'échappe des lèvres de Célia. Elle monte les marches quatre à quatre et, au premier, se met à courir dans le long corridor.

Celui-ci n'est éclairé que par le clair de lune, découpé en rectangles lumineux par les fenêtres. Dans quelques secondes, son poursuivant atteindra la dernière marche et l'apercevra dans le corridor.

Elle se précipite dans une chambre.

Heureusement, c'est l'une de celles où les accessoiristes ont entreposé des éléments de décor. D'énormes meubles anciens offrent plusieurs cachettes possibles.

Se glisser sous le lit à baldaquin lui paraît trop évident. L'armoire massive n'est pas une bonne cachette non plus ; ce sera l'un des premiers endroits qu'il fouillera. Par contre, le bureau poussé dans une alcôve, s'il y a assez d'espace libre derrière…

— Célia ! Je sais que tu es ici, dit son poursuivant dans le corridor.

Elle retient son souffle et se force un passage dans l'espace étroit, garni de fils d'araignée, à l'arrière du bureau.

Des pas s'arrêtent à l'entrée de la pièce. Peut-être qu'il ne l'a pas vue entrer…

Le léger piétinement se rapproche et s'arrête au milieu de la chambre. Son cœur lui martelant la poitrine, Célia se laisse glisser le long du mur et jette un coup d'œil au coin du bureau.

Tout ce qu'elle peut voir, c'est une paire de souliers de course qui s'avancent vers le lit. Puis son poursuivant se penche pour regarder sous le lit. Il lui tourne le dos. Elle remarque qu'il est vêtu de noir.

Il se redresse et va fouiller dans l'armoire, devenant impatient lorsqu'il n'y trouve que des costumes.

Elle presse sa joue par terre, ferme les yeux et prie : « Va-t'en ! Oh ! s'il te plaît, laisse-moi tranquille ! »

Lorsqu'elle rouvre les yeux, les chaussures sont devant le bureau.

Son poursuivant soulève le meuble dans ses bras puissants, découvrant Célia couchée sans défense à ses pieds.

Elle lève les yeux et s'étouffe presque sous l'effet de la surprise :

— Serge ?

— Qu'est-ce que tu fais ici ?

Il la saisit par le bras et l'aide à se relever.

— Je… Je…

Elle ne peut tout de même pas dire ce qu'elle pense : « Ainsi donc, ils avaient raison ! » Et parce qu'elle n'a pas écouté leurs mises en garde et qu'elle lui a fait confiance, elle va mourir de sa main.

— Cesse de me regarder comme ça ! gronde-t-il

en la secouant. Pourquoi est-ce que tu es revenue ici sans ton garde du corps ?

— Revenue ?

Il devrait l'achever. Pourquoi prolonger son agonie par des questions stupides ?

— Ouais, tout le monde est parti. Alors pourquoi es-tu ici sans ton garde du corps ?

Pour la première fois depuis le début de ces instants les plus cauchemardesques de sa vie, elle doute que Serge ait l'intention de la tuer.

— J'ai dormi dans ma roulotte. Quand je me suis réveillée, tout le monde était parti.

Il lui jette un regard sceptique.

— C'est vrai ! dit-elle. Et le sergent-détective Ménard n'était plus là.

— Tu aurais dû appeler l'agent de sécurité.

— Mon téléphone ne fonctionne pas et toutes les autres roulottes sont fermées à clé.

— Alors tu es venue ici ?

— J'avais vu de la lumière au rez-de-chaussée. Mais... où est la bougie ?

— Quelle bougie ?

— Celle que tu as allumée avant de me suivre dans l'escalier.

— Je ne comprends pas. Je n'ai jamais allumé de bougie et je ne t'ai pas suivie dans l'escalier. Je me cache ici la nuit pour échapper à la police. J'étais dans une autre pièce quand je t'ai entendue courir dans le corridor.

Un terrible frisson saisit Célia.

— Oh! Serge, il y a quelqu'un ici avec nous! On m'a suivie depuis ma roulotte. Je croyais que c'était Drainville, mais je n'en suis plus certaine. Celui qui m'a suivie a allumé une bougie avant de monter l'escalier. Mon Dieu! On a perdu un temps fou!

Serge va jeter un coup d'œil dans le corridor, puis se retourne vers elle et chuchote:

— Il y a de la lumière dans l'une des chambres un peu plus loin. Il va falloir faire vite. Montons au deuxième. Avec un peu de chance, on pourra atteindre l'escalier arrière qui mène aux quartiers des domestiques.

Célia sait que s'ils sortent au mauvais moment, ils mourront. Mais s'ils restent dans cette chambre, ils mourront certainement.

Serge surveille le corridor. Il lui prend la main et murmure:

— Maintenant!

Ils courent jusqu'au bout du corridor et poussent la porte qui donne sur la tourelle. Des marches de pierre montent en tournant autour d'un pilier central.

Célia grimpe l'escalier à la vitesse de l'éclair. Le souffle court, elle se précipite vers la porte menant à l'étage supérieur, mais son pied se tord sur la dernière marche.

Une douleur fulgurante jaillit de sa cheville et Célia ne peut réprimer un cri.

— Qu'est-ce qu'il y a? demande Serge, le visage crispé de peur.

— Je me suis tordu la cheville.

— Tu peux marcher ?

— Je vais essayer.

Elle s'appuie au mur de pierre et pousse la porte. Cet étage est interdit au public et n'a pas été utilisé pour le tournage. D'épaisses toiles d'araignée ornent le passage, prouvant que personne n'y est passé depuis longtemps.

— Amanda nous avait dit de ne pas monter ici, chuchote Célia. Le plancher est pourri.

— On n'a pas le choix. On va longer le mur, c'est plus solide.

Il passe un bras autour de sa taille pour l'aider à avancer. Il l'emmène dans une chambre au milieu du corridor. De cette façon, ils sont aussi proches d'une sortie que de l'autre. « Ou aussi éloignés », se dit Célia.

La pièce dans laquelle ils sont entrés est vide, à l'exception d'un tas de matelas et de cadres métalliques au milieu du plancher.

— Tout confort ! ironise Serge.

— Il n'y a pas d'endroit où se cacher, dit Célia, le cœur serré.

— Il ne nous reste qu'une solution : je vais essayer d'attirer ce malade loin de toi. S'il me suit hors du château, je suis certain de courir assez vite pour lui échapper. J'irai à la guérite chercher de l'aide.

Il soulève un lourd cadre de lit avec effort et dit :

— Cache-toi en dessous de ça.

Elle rampe jusqu'à un espace libre sous un matelas. Ça sent la crotte de souris et l'étoffe moisie.

Serge abaisse lentement le cadre au-dessus d'elle. À part sa cheville qui la fait souffrir, Célia est installée assez confortablement.

— Ça va? chuchote Serge.

— Oui. Dépêche-toi!

— Je reviendrai aussi vite que possible. Promis.

Il lui envoie un baiser du bout des doigts.

Chapitre 14

Serge jette un coup d'œil dans le corridor. La bougie luit dans l'escalier de la tourelle qu'ils viennent de quitter, Célia et lui. S'il court à toute vitesse, il arrivera à l'escalier principal et à la porte d'entrée avant leur poursuivant. S'il pouvait s'asseoir et réfléchir tranquillement, il réussirait peut-être à deviner qui c'est. Mais ce n'est pas le moment d'évaluer la situation et de découvrir qui est le suspect et quel est son mobile, ni de chercher à apercevoir celui qui s'approche.

Serge attend que la lueur atteigne presque le corridor. Si leur poursuivant le voit disparaître dans l'escalier principal, il pourra penser que Célia est devant Serge. Alors il pourchassera celui-ci.

— Vite ! Cours ! crie Serge en dévalant les premières marches.

Il n'ose pas jeter un coup d'œil derrière lui. Un seul faux pas sur les marches usées et il dégringolera au pied de l'escalier.

Sautant les trois dernières marches, il traverse le

grand hall à toute vitesse et se jette sur la porte d'entrée. Elle s'ouvre en grondant et le voilà dehors, libéré des maléfices du château.

Il poursuit sa course à travers le domaine déserté, faisant le plus de bruit possible pour attirer l'attention de l'agent de sécurité.

— Hé! Il y a quelqu'un? crie-t-il.

Mais il n'y a pas de réponse.

Finalement, il ralentit et ose regarder derrière lui. Il n'y a personne.

Il inspire profondément l'air printanier. Ce serait une belle nuit, si la Mort elle-même ne le traquait pas.

Il repart en direction de la guérite.

— Hé! Où êtes-vous?

Personne ne répond. Furieux, Serge entre dans la petite cabane et saisit le téléphone. Il n'entend pas la tonalité.

Il éprouve un malaise. «Ce n'est pas seulement le téléphone de Célia qui a été coupé, mais la ligne principale!» se dit-il. L'horloge de la guérite indique minuit. Il reste cinq heures avant l'arrivée de l'équipe technique. Leur chance de survivre aussi longtemps n'est pas très bonne. Il doit emmener Célia loin d'ici. Mais comment?

La réponse lui apparaît spontanément. Il doit trouver une arme pour la défendre. Il fouille dans la guérite sans succès.

«Les accessoires!» se dit-il. Dans tout film d'horreur, on utilise des répliques d'armes, de la hache à la mitraillette. Il se souvient d'en avoir vu dans la roulotte de Gilbert.

Il fonce vers les roulottes. Personne ne le suit, mais ce constat ne lui procure aucun soulagement. Ça veut dire que l'autre est reparti à la recherche de Célia.

Arrivé à la roulotte de Gilbert et constatant que celle-ci est fermée à clé comme les autres, Serge casse une vitre et, après avoir retiré les éclats de verre restants, il entre par la fenêtre.

Sur une étagère, il trouve tout un arsenal : pistolets, épées, poignards, grenades... Ces armes semblent vraies, sans doute qu'elles tirent à blanc. Serge choisit un revolver, prend une boîte de balles et d'autres articles qui pourraient s'avérer utiles.

Dans son abri de matelas, Célia a l'impression d'être une petite fille qui joue à cache-cache. Mais ceci n'est pas un jeu. Celui qui veut la trouver est un meurtrier.

Il y a un bruit de pas près de la porte. Elle n'avait plus rien entendu après le départ bruyant de Serge.

Elle ferme les yeux pour garder son calme. Lorsqu'elle les rouvre, un spasme d'horreur lui monte à la gorge. La créature qui entre dans la pièce n'est pas humaine.

Des lambeaux de chair pendent de sa face, dévoilant des os blanchâtres. Un globe oculaire a été arraché de son orbite, ne laissant que des bouts de veines et de ligaments à sa place.

Le monstre traverse la chambre en élevant la bougie pour éclairer son chemin. Il est grand et mince. Trop grand et mince, en fait, pour être Drainville, comme elle l'avait cru.

La créature pose le bougeoir par terre et se penche pour soulever le coin d'un matelas. Avec curiosité, il examine le réseau métallique qui cache Célia.

Celle-ci plonge son regard dans le bon œil du monstre, incapable de savoir s'il la voit ou non.

«Cette face affreuse, je l'ai déjà vue», se dit-elle. Une odeur de latex lui monte au nez et alors elle sait: son ennemi porte un des masques que Gilbert a fabriqués pour le personnage d'Hector Grisard aux différentes étapes de sa transformation en zombi.

Lentement, l'homme masqué se redresse. Célia croit qu'il va s'en aller, mais il saisit le cadre au-dessus de la pile et le jette de côté. Sachant que ce n'est qu'une question de secondes avant qu'il ait enlevé les autres objets qui les séparent, Célia sort du côté opposé et s'enfuit en clopinant.

Il la rattrape facilement.

Des bras puissants la saisissent par la taille et la pressent contre le mur. Sa tête frappe la pierre. Étourdie, Célia met les mains sur ses tempes pour retrouver ses esprits et penser à ce qu'elle doit faire.

Le masque monstrueux se creuse et se gonfle lorsque celui qui le porte se met à parler:

— Tu vas payer ! Espèce de sorcière arrogante, tu vas mourir !

Se souvenant d'un rôle dans lequel elle devait se défendre contre un violeur, Célia lève brusquement la jambe et donne un bon coup de genou dans l'aine de son agresseur. Celui-ci pousse un cri de douleur et la lâche.

Elle sautille jusqu'au corridor et regarde anxieusement à droite et à gauche, sachant qu'elle n'a que quelques secondes d'avance. Elle ignore si son assaillant s'est débarrassé de Serge.

Le désespoir l'envahit à la pensée que Serge est blessé ou pire, mais elle se force à clopiner vers l'escalier de la tourelle. « Descends ! Descends ! » se dit-elle. Dans les films d'horreur, les héroïnes sont toujours tellement stupides. Elles montent des escaliers interminables qui les mènent à des greniers obscurs qu'elles savent sans issue. En descendant, avec un peu de chance, elle pourra peut-être s'enfuir du château. Peut-être que l'agent de sécurité sera dans les parages et entendra ses cris.

Elle descend six marches de l'escalier étroit, puis s'arrête.

Un tas de meubles lui barre le passage. Son assaillant a bloqué la sortie. Il ne lui reste plus qu'à monter en haut de la tourelle.

Se sentant condamnée, elle grimpe misérablement les marches.

Derrière elle, une porte s'ouvre et se referme.

Elle s'immobilise, espérant qu'il ne l'a pas vue entrer dans la tourelle.

Les pas se mettent à monter. Elle n'a pas d'autre choix que de continuer son ascension.

En haut des marches, il y a une trappe qui grince en s'ouvrant. Mais elle n'a plus à se préoccuper du bruit qu'elle pourrait faire. Célia pousse de toutes ses forces la trappe qui frappe le plancher avec un claquement.

Elle passe par l'ouverture et jette un coup d'œil autour d'elle. La pièce est ronde. Il y a de larges ouvertures dans la pierre, mais pas de vitres. Un vent froid lui ébouriffe les cheveux.

«Où es-tu, Serge? S'il te plaît, dépêche-toi!» pense-t-elle.

Bloquée, elle se tourne pour faire face à l'homme masqué.

Il monte l'escalier en tenant à la main un scénario et un stylo. «Il veut un autographe?» se demande-t-elle avec une ironie amère.

Il la regarde et dit:

— Bien! Bien!

La voix lui paraît familière, mais trop aiguë.

— Qu'est-ce que tu me veux? lui demande-t-elle.

— Tu vas écrire, ordonne-t-il.

— Une déclaration de suicide? Personne ne croira jamais que je me suis tuée.

— Tu vas donner des indices pour aider la police à trouver ton meurtrier.

Elle le regarde bravement. Après tout, elle n'a plus rien à perdre.

— Des indices? Par exemple, une description du gars: un mètre quatre-vingt-cinq, les cheveux noirs, les yeux bruns.

Les yeux clignent derrière les trous du masque.

— Tu imites mal une voix de fille, dit encore Célia.

— Tu as toujours fait l'intéressante, gronde-t-il d'une voix plus grave. Bien, c'était ta dernière intervention.

Il lui tend le scénario à l'envers, les pages blanches vers elle, et dit:

— Écris ce que je vais te dicter.

Célia prend les feuilles de papier et le stylo d'une main tremblante. «Prends ton temps, se dit-elle. Fais ce qu'il te dit, mais avec lenteur. Quelqu'un finira bien par arriver. S'il vous plaît, mon Dieu, faites que quelqu'un vienne vite!»

— Écris: «S'il m'arrive quelque chose cette nuit, arrêtez Serge Gauvin. Il est venu chez moi hier soir. J'ai eu pitié de lui, mais je crois que c'était une erreur.»

— S'il... m'ar... rive... quel... que... cho... se... Qu'est-ce que c'est après? demande Célia d'un air innocent.

Le monstre lui montre un long couteau et dit:

— Tu sais ce que j'ai dit. Écris plus vite ou je vais te jeter du haut de la tourelle sans d'abord mettre fin à tes souffrances.

Célia obéit. Elle n'a pas l'intention de mourir sans lutter, mais comme il est beaucoup plus fort qu'elle, sa résistance ne devrait pas durer longtemps.

Il lui reprend les feuilles lorsqu'elle a terminé et lit ce qu'elle a écrit.

— Très bien, dit-il.

Puis il saisit le masque sous le menton et l'enlève.

— Jean! s'exclame Célia.

— Tu devais avoir deviné que c'était moi, non? C'est pour Serge que j'ai mis ce masque, dit-il d'un ton méprisant. Il survivra à cette nuit, mais il n'ira pas loin. Il est déjà soupçonné d'être l'auteur de la lettre piégée. Demain matin, quand ils trouveront ton corps au pied de la tourelle et ce mot dans ta roulotte, les policiers seront certains qu'il est le coupable.

— Pourquoi est-ce que tu me fais ça? demande Célia en pleurant.

— Pourquoi? La vraie question est: «Pourquoi pas?» Après tout le mal que tu as fait à ma famille! Tu as détruit la carrière de ma sœur. Tu as contrarié ma mère. Et tu m'as laissé tomber! C'est ça, le pire, Célia! On formait un couple formidable. Le couple idéal! Mais tu es égoïste. Tu as trouvé que je n'étais pas assez bien pour toi.

— Non! Ce n'est pas pour ça...

— Je parie que tu voulais rendre Hugues amoureux de toi. Lui, il aurait été un fleuron à ta couronne! C'est le genre de gars pour qui tu te réserves? Je suis surpris que Serge se soit même intéressé à toi, vu la façon méprisante dont tu l'as traité.

— Je n'ai voulu blesser personne! Je te le jure, Jean! C'est seulement que… j'essaie de réussir la carrière qui m'intéresse vraiment. Je n'ai pas le temps pour des sorties, des amoureux, des *party*. Je travaille tout le temps.

— Tu appelles ça travailler? dit-il en ricanant amèrement. Travailler, c'est être serveuse dans un petit restaurant minable, comme ma mère, pour nourrir ses enfants. Travailler, c'est faire toutes sortes de choses stupides sur un plateau de tournage pour répondre aux fantaisies d'un réalisateur tyrannique et de ses acteurs capricieux.

— Je suis désolée, Jean, dit-elle en posant sa main sur son bras. S'il te plaît, crois-moi, je ne voulais pas…

Le regard du garçon se durcit et il retire son bras.

— C'est trop tard, dit-il. Je ne peux pas changer mes plans. Tu sais tout et tu me dénonceras.

Il est inutile de mentir.

— Si tu ne fais plus rien, ils seront moins sévères avec toi, dit-elle. Peut-être qu'un bon avocat pourrait convaincre le jury que la lettre piégée n'était qu'une farce qui a mal tourné.

— Impossible!

— Pitié! gémit-elle, alors qu'il lève le couteau

au-dessus d'elle, les yeux brillant d'un éclat mauvais.

— Écoute-la ! ordonne une voix derrière Jean.

Celui-ci se retourne vivement.

— Toi ! gronde-t-il.

Il écarquille les yeux à la vue du revolver dans la main de Serge et il dit :

— Ainsi, tu as décidé de jouer dur, toi aussi.

— Si c'est nécessaire, je le ferai, réplique Serge.

« Où a-t-il trouvé ce revolver ? » se demande Célia. Jean a dû se poser la même question, car il dit en gloussant :

— C'est à Gilbert. J'espère que tu sais qu'il n'a que des balles à blanc. Tu crois me faire peur en faisant bang ?

— Celui-ci est chargé de vraies balles. Laisse tomber ton couteau, Jean. Même sans revolver, tu sais que j'aurai le dessus si on se bat.

Serge a raison, et Jean le sait.

— Viens avec moi à la guérite, continue Serge. On attendra la police ensemble. Tu ne peux plus tuer sans te faire prendre.

— Si ! Regarde !

Il se précipite sur Célia.

Elle fait un écart ; la lame du couteau frôle son bras.

Au lieu de tirer, Serge s'avance pour tenter d'attraper Jean de sa main libre. Mais l'autre le surprend en changeant de direction pour saisir le revolver.

147

Jean frappe la main de Serge qui perd son arme. Alors, lâchant son couteau, Jean donne un violent coup de poing dans le ventre de l'autre. Serge se plie en deux. Le revolver glisse sur le sol. Jean s'élance pour l'attraper ; Célia aussi.

Elle saisit l'arme par la crosse ; Jean, par le canon. De sa main libre, il la force à desserrer ses doigts. Une douleur vive traverse la main de Célia lorsqu'un de ses os se brise. Elle pousse un cri et lâche le revolver.

Jean tourne le revolver pour viser Serge. Célia voit une expression de terreur se répandre sur le visage de celui-ci. Il a peur parce qu'il sait avec quoi il a chargé l'arme.

— Ne fais pas ça ! dit Serge. Tu passeras le reste de tes jours en prison.

— Qui racontera ce qui s'est passé ici, ce soir ? Pas toi, Gauvin ! Tu es l'obsédé qui harcèle Célia. Tu l'as coincée ici ; elle tire pour se défendre, puis elle trébuche sur une marche en s'échappant de la tourelle. C'est ce que je raconterai aux policiers, s'ils n'inventent pas le scénario eux-mêmes.

— Jean ! hurle Célia, lorsqu'elle le voit appuyer sur la gachette.

Une détonation perçante se répercute dans la tourelle, puis une deuxième. Pendant un instant, Serge paraît surpris, puis ses mains se crispent sur sa poitrine et il grimace. Une tache rouge s'élargit sur son coton ouaté.

— Oh ! Serge ! Non ! s'écrie Célia.

Jean lance un éclat de rire démoniaque et dit:

— Pas possible! C'étaient pas des balles à blanc après tout! Tu voulais me tuer! Étonnant comme le vent a tourné, hein, Gauvin?

Serge tombe sur les genoux, les yeux écarquillés de douleur. Du sang suinte aux commissures de ses lèvres. Il s'écroule en pleine face et son front frappe le plancher qui résonne sous l'impact.

Célia se jette sur lui et essaie de le retourner, mais il est aussi lourd qu'une statue de plomb.

Jean la force à se relever.

Elle lui jette un regard plein de haine. Elle n'a jamais autant détesté quelqu'un dans sa vie.

— Pourquoi? crie-t-elle, alors que des larmes roulent sur ses joues.

— Parce que c'était lui ou moi.

Il met le revolver dans sa ceinture. Lui tordant un bras derrière le dos, il entraîne Célia vers l'escalier.

D'une brusque secousse, il la pousse au bord de la première marche. Sa cheville blessée ne supportant plus son poids, Célia s'écroule.

— Debout! gronde Jean.

Elle regarde furtivement autour d'elle. Serge est mort en cherchant à la protéger, mais ce n'est pas le moment de le pleurer. Sa propre survie est en cause.

Entre la marche du haut et le corps de Serge, il y a le balcon de pierre sculptée d'où se détachent régulièrement des morceaux de mortier et des pier-res. Ceux-ci tombent sur le patio, que l'on a entouré d'une corde pour en interdire l'accès. La charpente est soutenue par des madriers, mais Célia soupçonne que ceux-ci ne sont plus très solides. Tout poids additionnel fera s'écrouler le balcon. C'est une chute de cinq étages.

Célia lève les yeux vers Jean et lui dit :

— Je me suis tordu la cheville. Je ne peux pas me tenir dessus.

— Tu ne le feras pas longtemps. Cesse d'essayer de gagner du temps. Debout !

En se relevant, elle le prend par surprise : présentant son épaule, elle roule sur le plancher comme elle l'a vu faire par des cascadeurs dans des dizaines de films. Elle sent la pierre vibrer sous elle. Elle se presse contre le mur au moment même où la moitié du balcon s'effondre. Elle regarde les pierres tomber, comme au ralenti, s'écraser sur les dalles du patio avec un bruit assourdissant, puis se volatiliser en poussière.

« C'est ce qui arrivera à mon crâne quand… »

Jean la regarde, sans s'avancer. Ses yeux brillent d'excitation.

— Ça n'a pas d'importance, Célia, que tu tombes dans l'escalier ou du balcon. La police imaginera que tu as tiré sur Serge avant de tomber.

— Je ne sauterai pas ! Tu vas devoir me pousser. Et si tu viens assez près, je t'entraînerai avec moi, Jean Watier. Je le jure.

D'abord, il a l'air surpris, puis un calme résigné se lit sur son visage, et il s'avance sur le balcon.

Célia sent les pierres vibrer sous le poids supplémentaire de Jean.

— C'est fini ! crie-t-il en s'élançant vers elle.

Le plancher de pierre s'effondre sous eux. Célia cherche à agripper Jean, mais il s'applique à rester hors de sa portée. Sa main frappe quelque chose de solide et, instinctivement, elle s'y accroche. Alors que sa chute s'arrête, un hurlement de surprise et de peur passe près d'elle dans la nuit. Puis d'en bas, monte un bruit mat.

Célia ferme les yeux.

— Célia ! appelle quelqu'un. Où es-tu ?

Abasourdie, elle regarde au-dessus de ses doigts crispés autour d'un support de métal rouillé.

— Serge ? C'est toi ?

— Ouais.

Elle rêve sûrement. À moins que...

— Ne viens pas par ici, dit-elle. Le balcon est tombé.

Il apparaît dans l'ouverture de la tourelle. Le sang tachant sa poitrine est encore frais. Elle ne comprend pas comment il a pu ressusciter. Mais elle ne lui pose pas de questions, alors qu'il se couche sur le ventre et lui saisit les poignets.

— Lâche la barre, lui dit-il. Fais-moi confiance. Je ne te laisserai pas tomber.

Elle regarde en bas. Dans la pâle lumière du matin, le corps de Jean repose dans une posture grotesque.

Elle relâche ses doigts. Serge la soulève par-dessus le bord dentelé. Ils se roulent rapidement jusqu'à l'escalier.

Des larmes de soulagement emplissent les yeux de Célia lorsque Serge la prend dans ses bras. Elle pose sa tête sur son épaule, tandis qu'il lui caresse les cheveux.

Chapitre 15

Célia prend la coupe de punch que lui tend Serge.

— Merci, dit-elle.

— Félicitations ! Tu as terminé ton premier film. Qu'est-ce que tu feras maintenant ? Un autre film d'horreur ?

— Ça m'étonnerait, dit Renée en riant.

Célia est contente que son amie assiste à la fête donnée dans les jardins du château pour célébrer la fin du tournage.

— Tu as raison, dit-elle. Je vais fuir ce genre de films.

Elle prend une bouchée du gâteau en forme de château. Il lui semble délicieux, d'autant plus qu'il y a quelques semaines, elle croyait ne jamais plus pouvoir manger, ni marcher, ni même respirer.

Un peu plus loin, Drainville est en grande conversation avec Hugues, au sujet d'un prochain film probablement, et Célia souhaite qu'ils le fassent sans elle.

Hugues s'est tenu tranquille pendant la fin du tournage, étant donné que Célia a un amoureux et que celui-ci est champion de lutte. « Si tes admiratrices savaient quelle poule mouillée tu es, Hugues Richemond ! » pense Célia.

Selon elle, Serge est le garçon le plus brave du monde. Il a risqué sa vie pour elle.

— Je ne comprends toujours pas pourquoi Jean t'en voulait tant, dit Renée.

L'humeur joyeuse de Célia s'assombrit en entendant prononcer le nom de Jean.

— D'après la police, il voulait m'éliminer pour que sa sœur ait mon rôle. Mais ce n'est pas ce qui serait arrivé. Drainville aurait choisi une remplaçante ayant mon physique pour pouvoir conserver les scènes déjà tournées.

— J'ai parlé au sergent-détective Ménard, dit Serge. Selon lui, Jean a d'abord essayé d'effrayer Célia. Puis, quand on lui a donné pour tâche de percer des trous dans le cercueil pour la scène des funérailles, il a fait semblant d'oublier. La lettre piégée devait brûler les doigts de Célia et la convaincre d'abandonner le tournage, mais il a mis une charge trop forte qui a tué Amanda. Ses efforts n'ont servi à rien. Alors il s'est enragé.

— Jean se disait peut-être qu'il faisait ça pour Bernadette, mais je pense qu'il se vengeait parce que je ne sortais plus avec lui, dit Célia. Il avait l'intention de me jeter en bas de la tourelle et de faire passer Serge pour le coupable. Mais Drainville et son équipe ont filmé jusqu'à 22 h. Jean ne pouvait rien faire avant qu'ils soient partis.

— Et le revolver ? demande Renée.

— C'est moi qui l'ai apporté, explique Serge. Je ne trouvais pas l'agent de sécurité ; il paraît qu'il dormait dans une des roulottes. Jean avait coupé la ligne téléphonique et assommé le garde du corps de Célia.

— La seule chance de Serge était de trouver une arme, intervient Célia. Mais les spécialistes des effets spéciaux ne possèdent que des balles à blanc.

— Je voulais distraire Jean et l'attaquer par surprise, poursuit Serge. J'ai collé un sac de sang sur ma poitrine et, en plus du revolver et des balles à blanc, j'ai pris des capsules de sang qu'on se met dans la bouche. Si Jean devinait que le revolver n'était pas un vrai, je m'arrangerais pour perdre celui-ci dans une bataille. Il tirerait sur moi et je ferais le mort assez longtemps pour qu'il ne fasse plus attention à moi. Alors, je l'assommerais et je libérerais Célia.

— Mais il s'est assommé en tombant, explique Célia.

— Ça ne faisait pas partie de mon plan, dit piteusement Serge. Quand j'ai repris connaissance, Célia hurlait.

— La prochaine fois que tu viendras à mon secours, n'attends pas que je sois suspendue au dernier étage d'une tourelle en ruine, dit-elle doucement.

— La prochaine fois ? Tu crois que tu rencontreras d'autres *fans* enragés ? demande-t-il pour la taquiner.

— J'espère bien que non ! Mais si ça arrive, est-ce que tu seras là ?

— Absolument ! promet-il en la serrant contre lui. Et je me propose d'être ton entraîneur privé. Il paraît que toutes les stars en ont un aujourd'hui. Je vais te mettre en forme. Euh, je veux dire en meilleure forme encore que tu l'es, ajoute-t-il en rougissant.

Célia sourit. Elle est la fille la plus chanceuse du monde. Elle a osé rêver et relever des défis difficiles. Et voilà qu'elle a une carrière fantastique, une amie loyale et un amoureux merveilleux. Que demander de plus ?

Dans la même collection